桃太郎侍

下巻

山手樹一郎

春陽堂書店

目次

桃太郎侍　下巻

品川の宿《しゅく》

人の運不運というものは、どこにあるかわからない。

伊之助は小鈴のあとをつけて、難なく伊賀半九郎が吾妻橋《あづまばし》の船宿田中屋にいることをつきとめた。小梅の下屋敷とは、つい目と鼻の間。

「なるほど、すごいとこに陣取ってやがる」

感心してしばらく見張っているうちに、小鈴はふたたび船宿を出て行った。半九郎との間にどう話がついたか、おそらく桃太郎侍を迎えに行ったのだろう。

きのどくだが、だんなはもういねえよ、——伊之助は物かげから見送りながら、ほんとうにそう思った。ほれるというものは、こんなにも人間をバカにするものか、小鈴ほどの女がこっちのからくりをなにも知らずにいると思うと、その心根が、ちょっと哀れだったのである。

伊之助は根気よく田中屋のまわりを見張りつづけた。今夜一晩でなにもかも調べ上げられるとは考えていなかったが、せめてあしたの朝桃太郎侍に会う時までに、何かいいみやげをにぎっておいて喜んでもらいたかったのだ。

（これもほれた口でね、小鈴のことばかり笑えない）

すると、しばらくたって、意外な人物が田中屋の表戸をたたいたのである。両国矢の倉にりっぱな道場を構えている今井田流の剣客、大滝鉄心斎であった。

（へえ、あの先生がねえ）

腕もいいし、当時江戸では下町で売れた名だが、やっぱり金で殺されたとみえる。もっとも、成功すれば若木家十万石の指南役に取り立てるという約束ぐらいはしているのだろう。人間だれしも欲のためには迷わされがちである。その迷わざるをだいじょうぶという。

（偉いな、うちのだんなは。――だんなのは同じあぶない橋を渡っても、決して欲じゃない。こいつらを退治しちまえば、もとの長屋へ帰って来て、子どもたちの先生になろうっていうんだ。まるっきり心がけが違うんだからな）

だからこそ、伊之助も骨身を惜しまないのである――田中屋の裏手へまわって、さっきから目をつけておいた二階のひじ掛け窓の手すりへ音もなくスルスルと、雨戸へ耳を吸いつけた。

「すばやいやつだな、では屋根へ逃げたのか」

「なんとも申しわけがない。長屋じゅうが騒ぎだしたものだから、つい屋根とまでは気がつかなかった。それに、相手はこっちが押し込んでから逃げ出したのではなく、押し込んだ時にはほんの一足違いで、すでに裏から家を出たところらしい。そこに手違いがあった」

ちょっとことばの切れたのは、半九郎が何か思案しているのらしい。

「ご苦労でした。大滝先生、これから道場へ帰られるか？」

「別にご用がなければ――」

「じゃ、いっしょにそこまでお送りしましょうか。もう今夜は拙者もここに用はあるまい」

伊之助が耳にしたのは、たったこれだけの会話で、――やがて、ふたりは舟を仕立てさせて、夜ふけの大川を両国のほうへ下っていった。舟ではちょっと、あとのつけようがなかったし、いずれ若殿が下屋敷にいる間は、ここを本拠に策動するだろうから、その人の出入りで、あしたはもっとくわしい様子がわかるだろうと思ったのである。

(まあ、仕事初めとしては、そう悪くないみやげができた)

いささか得意で、お化け長屋へ帰って来たのは、かれこれ九つ(十二時)過ぎだったろうか。そこに思いもかけない事件が待ち受けていたのだ。

珍しくお俊の家のかど口が開いている。家の中で夜業をしていることは珍しくはないのだが、若い後家暮らし、戸締まりだけはいつも用心のいいお俊なのだ。不思議に思って外から声をかけてみると、

「あ、伊之さん、お俊さんが大変なんだよ」

あたふたと中から飛び出して来た近所の女房が、顔色を変えているのだ。

「なにかあったのかえ、お松さん」

伊之助はドキリとした。

「あったどころの話じゃない。お俊さんが右の肩から背中へけさがけに斬られて、今七針も縫ったところさ」

「エッ!」

伊之助の顔色が変わった。

「だ、だれに斬られたんだ」

「それがね、さっきふいに、先生のところへ浪人者が五、六人押し込んで来てね」

桃太郎侍が留守だとわかると、女ひとりのお俊の家へあばれ込んだという。——どろぼう! だれか来てくださいという悲鳴に、長屋じゅうの者が騒ぎだしたものだから、その浪人者たちは驚いて逃げてしまったが、

「行きがけにひとりが、いきなり斬りつけたんだってさ。こっちも浪人騒ぎに夢中だったもんだから、仙ちゃんの泣き叫ぶ声に、はじめて気がついて駆けつけてみると、お俊さんが土間に血だらけになって倒れているじゃないか」

大さわぎになって、すぐ医者を呼んで来たが、どうにも出血がひどいので、この一日二日が峠だといって帰ったという。

「気丈《きじょう》なひとだねえ、七針も縫ったのに、泣いて心配する仙ちゃんをなだめて寝かしつけ、とんだお世話になりますってね、今しがたやっと眠ったところなんだよ。——もし伊之助さんがお帰りになったら、起こしてくださいまし。ひと言おことづてを申さなけ

ればなりませんから――と。伊之さん、今までどこへ行ってたのさ」

「すまねえ、ちょっとだんなに頼まれた用があったもんだからね」

「そのまた病気のだんなは、どこへ行っちまったんだろうね。――いったい、今夜の浪人者は何者なんだろう。心当たりはないのかえ。憎いやつらったら――」

看病に残っていたらしい女房たちが二、三人、かど口で伊之助をつかまえて放さない。

「ああ、そういえば、その医者騒ぎのさいちゅうにね、あのジャラジャラした小鈴とかっていう踊りの師匠が来て――」

お松が思い出したように薄笑いをうかべた。

「ちょうど表へ出たわたしをつかまえて、――桃さんはどこへ行ったんだろう、伊之さんは、留守かとか、何かふたりで争ったようなふうはなかったかとか、バカバカしい、目の色を変えているから、なんだか知りませんけれど、桃太郎侍だんなは代地へ行くとかいって、さっさとおでかけになりましたよ、といってやったのさ。フフフ、からかわれると知らず、いい気なもんだねえ、すっ飛ぶように帰って行ったが、――悪かったかねえ、伊之さん」

そんなどころではない。だいいち、悪いといったところで、いまさらどうにもならないことじゃないか。

「もとはといえば、みんなうちのだんなから起こったこと、あとはあっしがきっと引き受けますから」

伊之助はとにかく、ひとまず女房たちに引き取ってもらった。

（畜生め、なんてひどいことを――）

お俊のまくらもとへすわって、そのげっそりと血の気のないあおい寝顔を見た伊之助は、カッと一度にからだじゅうの血がたぎって来た。

今にして思えば、あの船宿の大滝鉄心斎が、長屋じゅうの者に騒がれて逃がしたと伊賀半九郎に報告していたのは、ここのことだったのだ。

（なんの罪もねえ女を、いわばゆきがけの駄賃《だちん》に斬っていくなんて、鬼だ、畜生だ！）

もう承知できないと、伊之助は思った。憎むべき鬼や畜生、てめえたちがそんな心ならこっちにも覚悟があると、はじめて押えがたい敵愾心《てきがいしん》が切実にムラムラッと燃えあがって来たのだ。

（だが、うまく助かってくれりゃいいが）

伊之助はすこし離れて、ぐっすり眠っている仙吉の子どもらしい寝顔を見て、急に涙がこみあげて来た。なんという不幸な親子、――そう思うと堪えられなくなって来たのである。

やがて夜明けに近いころだったろうか、しんと寝静まったお化け長屋はまだ物音一つなく、灯心が秋の虫よりかぼそく、ジ、ジとなった。

「――？」

そのかすかな音に魂をよびもどされたかのごとく、お俊がふっと、うつろな目をあけた。弱々しい視力をまじまじと見上げている。

「お俊さん、伊之助だ。わかるかね」

「あ、お隣のおじさん。――仙吉は？」

「そら、そこによく眠っている。動いちゃいけねえ、動いちゃいけねえ。――とんだ災難だったね」

「いいえ」

お俊はなにか思い出そうとするように、じっと残灯をながめている。

「おじさん、ひとりでございますか？　どなたもほかに――」

「ああ、だれもいない。おれひとりだよ」

「では、申し上げますが、さきほど、先生が見えて、たぶん無事におのがれになったと思いますが、――わたしは大金を預かりました。このフトンの下に――」

「動いちゃいけねえってば。そんなことは、あとでいいんだ。気をしっかり持っていなくちゃいけねえよ、仙坊のことを思ってな」

「はい」

　スッとお俊の目にいっぱい涙があふれた。

「先生のお役に、いくぶんでもたったのでございますから、――ただ、仙吉のことを思いますと、この子の父は、伊藤新十郎、――おじさん、聞いておいてくださいませ」

「ああ、聞くとも。けれど、なんだ、今じゃなくともいいじゃないか。口をきくと、からだが疲れる。ね、あんまり気をつかっちゃいけない」

　伊之助はなだめるように、そっと、あふれるお俊の涙をふいてやった。

「はい。口をきいていませんと、なんですか、気が遠くなるようで」

「いけねえ、いけねえよ」

どうも視力がないようなのである。伊之助は驚いて、きゅうすに冷やしてある薬湯をお俊の口へそそぎこんでやった。

「すみません。――父にそむいて、新十郎を望んだのが、わたしの誤りでございました。父がなくなりますと、新十郎は父が丹精しました道場まで売って武術修行をしてくるからと、十年前、この子が生まれてまもなくでした。捨てられたのでございます。それっきり、たよりもなく、風のうわさに一度、讃州丸亀《さんしゅうまるがめ》にいるとも聞いたことがございますが――」

「お俊さんの父御は何とおっしゃる」

「中国の浪人田上仙左衛門、両国の矢の倉で篠崎一刀流の道場を開いておりました。今、大滝とかいう、今井田流の先生がいるところでございます」

はじめて聞く身のうえ話だった――その新十郎というやつは、師匠の娘を食い物にして、師匠が死ぬとすぐお俊を捨てたに違いない。伊之助が知ってからでももう四年、お俊は針一本で仙吉を育てている。

「だまされたのは、わたしの愚かさ、――ただそんな父とは知らず、いまにりっぱに出世して迎えに来ると思い込んでいる仙吉が哀れで、――お隣のおじさん、先生のご人格に甘えて、おすがりいたしとうございます。おじさんから、どうか仙吉を一人まえの男にして、田上の家名がつげますように、だんなさまに」

「なにをいうんだ、お俊さん。そんなことはいわれなくたって、きっとあっしが引き受ける。また、あの気性の桃太郎のだんなが、いやだというはずはなし、——気をしっかりもたなくちゃいけねえ。どこか苦しけりゃ、医者をよびにやろうか」

「いいえ。おじさん、仙吉はどこでございましょう、ちょっと抱かせてくださいませ」

動かせる左手でわずかに手さぐりするのだ。

「お俊さん、どうしたんだ！　しっかりしなくちゃいけねえ」

伊之助はそのうつろな目を見て愕然《がくぜん》とした。

「仙吉、——仙吉、ここへおいで、先生によくお願いして、おじいさまの家名を——聞いておいでかえ、仙吉」

「お俊さん、お俊さん！　——あ、いけねえ、仙坊！　起きるんだ、仙坊」

呼びながら伊之助は、あわてて仙吉を抱き起こした。夜が明けかけたとみえて、屋根でスズメが鳴き始めた。

一方、暗黒の穴倉の中で水責めになっている桃太郎侍と百合は——？

うずをまいて落ちこむ冷水は、ついに全身をひたして足が立たなくなってしまった。桃太郎侍は左腕に百合をかかえて、見えぬ水を泳ぎだしたのである。いや、泳ぐというより狂いまわる水勢に押しもまれながら、一度まき込まれたが最後である、必死に水と戦っていたのだ。

たたかいながら、ふと気がついた。

（森助がさっきのぞいていたおとしあなの口をしめ忘れていたとしたら——）

こうして泳いでいさえすれば、やがては水は穴倉いっぱいになって、いやでもふたりのからだを天井まで運んでくれるだろう。ことによると、九死に一生を得るかもしれぬ。

だが、それまで、はたしてこっちの体力がこの冷水に耐えうるだろうか？　たとえおとしあなの口が開いていたとしても、この暗黒の中でそうたやすく探り得られるだろうか？　考えてみれば実にはかない希望ではあった。しかも、高いところから落ちる水勢は、非常な力でふたりのからだをグングン押しまわしているのだ。

が、最後の一瞬まで絶望ということを知らぬ桃太郎侍である。

「お百合さん、眠っちゃいかんぞ！」

ともすればぐったりと弱りかける百合をはげましはげまし、そう気がつくともうすぐ実行に移して、必死に一方の壁のほうへ水勢をさけて行った。せめて壁につかまってなりと、できるだけ疲労を防いでおかなくては、その時になって体力が尽きるおそれがあるからである。

「どうした、お百合さん、こわいか？」

やっと石壁に手をかけた桃太郎侍は、ほっとして元気よく抱いている百合をゆすった。

「いいえ、――死んでも、死んでも若様とふたりですもの」

百合にはもうほかに何も考える力がなくなっているらしい。ただ放すまじと右腕を首にまいて、ひしとほおを寄せている。

「いや、死にはせん。われわれはきっと助かる。それ、手をのばして壁につかまってごらん」

「助かる――？」

「助かるとも。もう少しのしんぼうだ。この若様には知恵があるからな」

しかし、百合はそれがただの慰めだと思ったらしい。

「ほんとうに助かるでしょうか。――それより若様、さっきのこと、うかがわして、百合は死んでも死にきれないような気がいたします」

水量がまして、しだいに落ち着いて来ると、百合はまたそれをいいだしたのだ。

「死にはせんというのに、困ったお嬢様だな」

「若様は、――若様はそんなに百合がおきらいなのでしょうか」

恨むというより、世にもはかなげにすがっていた手が、力なくゆるもうとする。

「いかん、お百合さん！　死んでしまって、あんた、わしの妻になれるか」

「――」

「わしはいくじのない女はきらいだ。わしの妻はどこまでも生きてお家の悪人を倒す、それだけの気概をもっていなければならん。このままここで死んでは、だいいち、親に不孝だ」

「でも、生きる道が――？」

「だから、さっきから、必ず生きてみせると申しているではないか。いつ拙者が、お百合さんをだましたことがある」

「申しわけございません」

「さあ、しっかりとつかまって。一念は岩をもとおすということがある。ふたりの一念をあわせれば一念になるのだ。今から、弱音《よわね》や遺言は早い」

「生きますわ、わたし！　生きてきっとこの世で妻と――」

「そうだ。それでこそお百合さんだ」

冷水は容赦もなくしんしんと全身にしみとおって、しだいに手足の感覚がしびれて来る。

「寒いか、お百合さん」

桃太郎侍は絶えず冷たい水の中で手足を動かしながら、元気に話しかける。

「いいえ」

ものうげな百合の返事である。

「それはそうと、あんたご飯がたけるか？」

「――」

「お嫁さんというものは、ご飯がたけないと困る」

「あしたから、きっとおけいこいたします」

「よろしい。それだけはぜひ、けいこをしてもらわなければなりませんな――そうだ、質屋というものを知っていますか？」

「いいえ、存じません。教えてくださいませ」

その実、桃太郎侍も質屋へはまだ行ったことがないのだ。品物を持って行けば、金を貸してくれると話に聞いているだけである。

「そのお金を借りて、どうやるのでございましょう」

「米やみそを買うのです」

「あの、質屋から借りたお金でなければ、町方ではお米やおみそを商《あきな》ってくれないのでございましょうか」

所帯の話になると、急に百合の元気が出て来た。そんな苦労を知らずに育って来た百合にとって、長屋の貧乏生活は珍しくもあり、楽しくも思われたに違いない。

「ハハハ、質屋の金でなければ通用せんということはないが――」

やっぱりお嬢様だなと思いながら、桃太郎侍はふっとその自分の笑った声が、妙に短く反響して来るのに気がついた。天井に近くなったのである。そういえば、いつの間にか水の音がやんで、ことばの絶え間へ重い沈黙がおちて来た。

「若様――!」

急に百合が身震いをした。

「何かおっしゃっていてくださいませ」

「待った。――水が止まったようだ。お百合さん、手をできるだけ上へのばしてごらん」

「はい」

「そら、いいか」

桃太郎侍はグイと抱いている百合のからだを高くゆりあげた。

「どうだ、天井にさわるか」

「いいえ」

「もう一度、――そら!」

力いっぱい持ちあげてやったが、やっぱりなんの手ごたえもないらしい。――これ以上水があがらぬと、こうして壁につかまっているかぎり、溺れずにはすむことになるが、そのかわり、おとしあなの口を探り出すのは不可能だ。つまり、ほかからの救いを待たなければならないことになる。しかし、ここはめったに人の気のつかぬ穴倉だ。ましてて深夜のこと、この寒気に朝まで体力がつづくだろうか。かりに朝までどうにかつづいたとしても、その先必ず人がこの倉をあけてくれるという当てはつかぬ。

結局、自分から助かる道を講じなくては、死は時間の問題になるのだ。

（落ち着け、若様！）

桃太郎侍はまだ絶望はしなかった。忙しく頭を働かしているのである。

「そうだ。――お百合さん、わしの背中へつかまってごらん。あんたを抱いている手がちょっと入用なのだ」

「はい」

ちょうど背中へおぶさる形になる。両手が自由になったので、桃太郎侍は腰の太刀《たち》を抜いた。

「よし――！」

はたして、天井までは太刀だけの高さ、三尺とはなかったのである。

「いいか、お百合さん、生きてわしの花嫁になりたかったら、しっかりとつかまっておれよ。安心して、わしに生死を任せるのだ」

「はい」

今は死の沼のように深沈たる水の穴倉を、桃太郎侍は刀を口にくわえて、静かに泳ぎだした。

およその見当をつけて、ここと思うあたりを刀のきっ先で探ってみると、天佑とでもいうべきか、たしかにおとしあなの口はあけっぱなしになっているらしい。それらしい手ごたえが探れるのだ。

「しっかりとつかまっておれよ」

桃太郎侍は背中の百合に声をかけておいて、巧みに左手で泳ぎながら、

「エイ!」

右手の刀を力いっぱい、はっしと、床板へ斬《き》りこんだ。グイと引いてみたが、じゅうぶんに打ちこまれたとみえて、びくともしない。

「お百合さん、手をかしてごらん」

百合の右手をとって、打ちこんだ刀の柄《つか》を握らせ、

「いいか、この柄を右手の力に頼って、できるだけ上へ飛びあがるのだ。わしも下から

押しあげてあげる。必ず左手が床へとどくはずだ。そうしたら、しっかりとそれへすがりついて、右手をそえる。できるだろう?」

かんで含めるように説明する。

「やってみますわ」

「武術の心得があるお百合さんに、そのくらいのことができないという法はない。両手が床にかかったら、右の足をこのつばにかけてあげるから、それを力にからだを持ちあげる。ただ、できるだけ、きっ先から遠く手をかけないとケガをするぞ」

が、長い間冷水につかって、疲労しきっている女の体力では、相当困難な仕事なのだ。しかし、やりとげてもらわなくては、百合を助ける道がないのである。

「できるな、お百合さん」

「はい」

「一度でダメなら二度、二度でいけなければ三度、いいか?」

「あの、もし上に森助がいたらどうしましょう」

「その心配はあるまい。まだ森助がいるとすれば、きっと死んでいる。生きていれば、このおとしあなの口をあけておくはずはないからな」

「では、やってみます。もし落ちたら、からだをつかまえていてくださいませ」

「だいじょうぶだ。たいせつな花嫁、こんりんざい放しはせん。落ち着いてやりなさい――いいか、それッ！」

疲れてはいても助かりたい一念である。二度三度、手がすべって、そのたびに危うく水中へもぐりこみそうになったが、悪戦苦闘、どうやら左手が床にかかったらしい。手がかりさえつけば、あとは簡単である。

「それ、こんどは足だ。――落ち着いて！」

絶えず下から励ましながら、右の足の指をつばにかけてやると、

「若様、あがれました！」

狂喜したような声といっしょに、百合の左足がスッと桃太郎侍の手から放れて行った。

「偉い、偉い！」

ほっとしたのである。百合さえあげてしまえば、体力のある桃太郎侍、おのれひとりがはい上がるのは、ぞうさもない。

「やれ、助かったな、お百合さん」

ぬれねずみになって、まっ暗な床の上へあがった時には、さすがの桃太郎侍も、全身の力が抜けてしまったような疲労を感じた。しばらくは動く気力さえ出ない。

「若様――！」

声をたよりにいざりよった百合が、感きわまって、前後もなくワッとひざへ泣き伏して来た。

「もういい。もういい。泣くことはない。われわれは助かったのだ」

神にも祈りたい気持ちで、激しく嗚咽《おえつ》する百合の肩をぼうぜんと抱いていると、ガラガラッ！

ふいに倉の戸が開いて、外の月あかりの反射が暗にいた目には真昼のごとく、

「――！」

桃太郎侍はがくぜんとして、われにかえった。

「だれだ、そこにおるのは？」

外の人は倉の中を透かして見るようにして、低く詰問した。――伊織の声である。

「あ、おとうさま――！」

百合はハッと走りよろうとしたが、もう疲れきって、からだの自由がきかなかった。

「おお、若様もか！」

伊織は思わず喜びの声をはずませたが、暗に慣れた目が、ふたりの世にもみじめなぬれねずみの姿を見ると、がくぜんとした。

「伊織殿、子細はあとで話す。人目につかぬうちに、茶室まで帰りたいが」

「承知しました。ご案内いたしましょう」

容易ならぬことと、伊織はすぐ見てとったのだ。

いいながら、わずかな休息で体力を取り戻した桃太郎侍は、軽々と百合を抱きあげた。

「お百合さん、歩けないな」

「あ、すみませぬ」

ぬれた衣類を通して寒気が迫るのだろう、たくましい腕の中に、ぐったりと目を閉じた百合は、しきりに胴震いを始めた。

物陰を縫うようにして三人がひそかに茶室へ戻りついたのは、やがて真夜中であったろうか。

「九つ（十二時）を過ぎてもお帰りがない。百合もおらぬし、気が気ではありませんでした。何度裏門まで見に出たか。——最後に倉の中の人声を耳にしましたのでな」

熱い茶をすすめながら、伊織は手早く若殿に早替わりした桃太郎侍の顔を見上げて、ほっとするのであった。——百合はもう次の間に寝かされている。

「伊織、あの倉の中には、下屋敷留守番北野善兵衛と、たぶん、門番中間森助も死んでいるであろう」

桃太郎侍は、ひととおり今夜のことを説明して、

「まだほかにも何人裏切り者がおるかわからんぞ。しかも、どこにどんな細工がしてあるか、とにかく、この下屋敷は危険だ」

「驚くべきやつら——」

伊織はいまさらのように驚愕《きょうがく》していた。

「国もとへはいつ出発してもかまうまいな」

桃太郎侍が改めてきく。

「それは、いつにても、さしつかえはございませんが」

「不意にいいだして、一刻ほどの間に準備ができるだろうか」

「できるようにいたしおきましょう」

「そうしてくれ。わしは一睡して、はらをきめるから」

いうだけのことをいって立ち上がった桃太郎侍は、

「百合はあしたひそかに家へ帰して、一応医者にみせたほうがいい。非常に衰弱しているようだから」

と付け足すことを忘れなかった。

おもやの寝間へ帰った桃太郎侍は、金びょうぶに囲まれたぜいたくな寝具につつまれて、疲れたからだを横にすると、もうぐっすり深い眠りにおちこんでいた。

どのくらい眠ったころだろうか。

「若様――!」

静かに呼ばれて、ハッと目をあくと、まくらもとの絹あんどんのそばに、思いがけない昨夜別れたままの姿のお俊が、ひっそりとすわって両手をつかえている。

「どうした、お俊さん」

「お願いがございまして――」

青い顔、悲しげな目であった。

「仙吉のことを、くれぐれもお頼み申し上げたくて」

「それはよく承知している。しかし、改まっておかしいではないか」

「不幸な子、父とはかたき同士、あれは母ひとりの子でございました。かわいそうに、どんなにか悲しむことでございましょう」

日ごろは気丈でつつしみ深いお俊が、さめざめとして泣くのだ。どうも様子がおかしい。

「あ、仙吉が呼んでおります。もう、おいとましなければ。――若様も、どうぞ、ご道中お気をつけあそばしまして」

すわったままの姿がそわそわと影うすく――

「どこへ行く、お俊さん」

桃太郎侍は自分の声で目がさめた。

（夢か――）

夢にしては、あまりにもまざまざとしたお俊の姿、まだそこのあんどんの陰にいるかのごとく思われて、妙に心寒い。

(疲れているせいだろうか)

考えてみれば、ここは下屋敷の寝間、お傻が来るはずはないのである。

それにしても、心のあることを夢に見るという。しきりに仙吉のことを頼んでいた。道中気をつけろともいっていた。

桃太郎侍は眠る前に、――江戸にいて敵の計るに任せているより、むしろ一刻も早く江戸を立つべきではあるまいかと思案していたのだ。

昨夜のようなこともある。じゅうぶん網が張られている江戸にぐずぐずしているより、にせ若殿本来の目的たる国もとの本拠を不意につく、そのほうが早そうだ。頼んでおいた伊之助がどんな報告を持って来るか知らぬが、万難を排して、きょう朝のうちに立つことにしよう。――桃太郎侍ははらがきまった。

「おお、夜が明けたようだ」

庭でスズメが鳴きだしたのである。

夢のお傻のことも気にはなるが、はらがきまると一刻も猶予のない男だ。桃太郎侍は伊織と打ち合わすべく、身じたくをして寝間を出た。しらじらと明けたばかりの庭に、けさはじめての霜が、きれいにおりていた。

「初霜だな。これがはたして吉兆になるか、凶に変わるか」

りんとさえた大気に、思わずからだが引き締まって来る。


「もうお目ざめでございましたか」

茶室へはいると、伊織がすぐに出迎えた。これはずっと寝なかったらしい。

(百合が悪いのか？)

桃太郎侍はすぐに察して、まゆをよせた。

「ハッ、少し発熱いたしまして」

「そうか。心を痛めたからだに水責めがさわったのだろう。わしでさえ少なからずこたえたのだ」

次の間に、百合は、ぬれ手ぬぐいを額に当てられて、こんこんと眠っていた。美しいほおが燃えるように赤い。

「なんと申しましても、女はやはり役にたちませぬ」

これがせがれだったらと思うのだろう、伊織は力なくつぶやいた。

「いや、それでもよくけなげに戦ってくれた」

いじらしいほどいっしょうけんめいになっている心だけはくめるのである。が、とうてい国もとへの道中には無理だ。置いて行くよりしかたがあるまいと、桃太郎侍も考えていたのだ。

「伊織、わしはきょう朝のうちに江戸を出発することにする。四つ（十時）までに供回りを人選して、道中の手配をしてくれぬか」

「おお、よくお覚悟くださいました。実はてまえも若様の頭と腕におすがりして、一挙に決行したほうがと、ただいま思案していたところでございます」

だれが考えても、それよりほかにないとみえる。

「うむ、上屋敷へ帰ると見せて、途中から品川へ向かう。品川で人選しておいた供回りに替えて、そのまま東海道を上る覚悟だ。百合はしばらくわしがみているから、早々手配をしてくれ」

「かしこまりました」

伊織はひそかに茶室を出て行った。

（あとでそれと知ったら、さぞ恨むだろうな）

あれほどいっしょに国もとへ行くと、ひとりできめていた百合、その百合は今、前後もなく熱にうかされて寝入っている。桃太郎侍はそっと、ぬれ手ぬぐいの裏をかえしてやった。火のように額が燃えているのだ。

「若様――どうぞ召しあがってくださいませ」

　パッチリ目をあけて、不意にいいだしたのだ。

　ハッとその顔をみつめていると、もうスヤスヤと目を閉じて、――飯をたけぬお嫁さんは困るといったあのことばの飯たきの夢でも見ているのだろうか？　かわいくあけたくちびるのあたり、ほのかに微笑が漂ってきた。

　小鈴は明けがたになってうとうとしたと思ったら、もう女中に起こされた。伊賀半九郎がたずねて来たのだという。

「二階へお通ししておいておくれ」

　いつのまにか夜があけて、明るい朝の日ざしが寝不足の目にまぶしかった。洗面をして鏡台に向かったが、頭が重い。

「どこに行っているのだろう」

どうしても来なければならないはずの桃太郎侍が、まだ来ないのだ。小鈴にしてみれば——伊之助の家を出た以上、ほかには知り人のないあの人である。それに、きのうはあんなに自分を頼りにして心細がっていた病人だ。ここへ来なければならないものと、頭から信じているのである。現に、二度めにお化け長屋に迎えに行った時、近所の女房らしいのが、

「だんなはさっき、代地へ行くって出て行きましたよ」

自分の顔を見て、いやらしい笑いをうかべていた。——それじゃ、伊之さんの毒舌にいたたまらず、先へ家へ行ったのかしらと、飛び立つ思いで帰って来たが、

「いいえ、まだお見えになりません」

ねぼけ眼の女中の返事だった。

それから急に火をおこしたり、フトンを敷いたり、いまかいまかと明けがたまで待ちどおしていたのだが、

「どうしたっていうんだろう、病人のことだし途中で何かまちがいでもあったのかしら」

小鈴は冷たく鏡台にうつる自分のあおい顔をぼんやりとながめていた。そうとしか考

えられないだけに、泣きたいような気持ちだった。

そういえば、――どこへ行くんだ、師匠と、あの時あの人は珍しくすがるような目をしていた。なぜ思いきっていっしょに連れて出てしまわなかったのだろう！　だれしも、からだの悪い時は気が弱くなるものなのだ。男だって口に出してはいわないが、きっとあの人だって、ゆうべはいっしょに連れて出てもらいたかったに違いない。

「そのくらいのことがわからなかったなんて！　――堪忍してくださいよ、桃さん」

そう気がつくと、いまにもお化け長屋へ飛んで行ってみたい小鈴である。

「そうだ、伊賀さんの用がすんだら、とにかく、すぐ行って見て来よう」

小鈴は手早く化粧を刷《は》いて、思いたつと矢もたてもたまらない。さっさと外出着に着替えてしまった。


「やあ、どこかへ出かけるのか、師匠」

二階にしばらく待たされていた半九郎が、うれいを含んで、ひときわ見まさる小鈴のよそ行きのあで姿に、思わず目をみはった。

「こんなに早くから、どうしたんです、伊賀さん」

小鈴はあんまりきげんがよくない、先がいそがれるのだ。

「急に頼みたいことがあってな。——それはそうと、師匠、桃さんはどうした。来ているのか」

「いいえ。正直のところ、それであたし急いで出かけなけりゃならないんですけれどね」

追いたてるようにいう。

「こりゃごあいさつだな。どこへ行くんだ」

「お化け長屋へ行くんです」

「桃さんを捜しにか？」

「いいえ、うちの人を迎えに、——あたしの行くの待ちかねているでしょうからね」

「おかしいな」

半九郎が小首をかしげた。

「何がおかしいんです、伊賀さん」

「桃さんはたしかにお化け長屋にはおらんはずだぞ。拙者は妙な話を聞き込んだので、それで朝っぱらから、ここへ駆けつけたんだが——知らんか、師匠？」

「話してください——お願い」

ひとたまりもなく、小鈴はもう目の色をかえていた。

「ゆうべ、あねごは二度めにお化け長屋へ行った時、桃さんに会ったのか」

小鈴の顔色を読みながら、半九郎はわざと落ち着き払っていた。

「いいえ、それがね、行き違いになってしまって。——あの人はたしかにここへ来るといって出たんだというんですが」

「いくら待っても来なかったというわけだな」

「そうなんです。目が痛むというのに、どこへ行ってしまったのか、——病人でなけりゃあたしもこんなに心配しないんですけれど」

真剣な小鈴の顔だ。むっちりと、はだの白さ、なまめかしさを思わせる年増《としま》盛り、この伝法な女が、桃太郎侍のことになると、まるで小娘のように夢中になる。——いまに見ろと半九郎は、ひそかに悪魔的な心をたのしんでいるのだ。

「来ないはずだよ、あねご」

「何かあったんですか？」

「うむ。桃さんはゆうべ、たぶんここへ来る途中だったろう、さらわれて行ったらしい」

「さらわれて――？」

「昼間の伊織の娘があきらめきれず、カゴを持って迎えに行く途中で、ぱったり出会ってしまった。――どこへおいでになります？　代地の小鈴のとこへ、とつい桃さんが、正直にいったんだな。娘はカッとなって、いっしょに来てくれなければ死んでしまうと、懐剣をのどへあてて狂いだした」

「まさか！」

「ハハ、それは冗談だが、とにかく桃さんがけさ上屋敷の家老の家にいることだけは事実だ」

「ほんとう、伊賀さん？」

小鈴は半信半疑である。

「だって、あんなに娘をきらって、そのために伊之さんとけんかまでしていたんですよ」

「だから、拙者はさらわれたんではないかと思うのだ。人情をもってくどかれると、桃さんのような男らしい性格の男は、うっかり同情する気になるものだ」

「――？」

　ありそうなことだけに、小鈴の疑惑は深くなる。

「それはまあとにかくとして、若殿はきょうの四つ（十時）に上屋敷へ帰るという報告が下屋敷の進藤からあったのだ。まもなく、こんどは上屋敷のほうから、今の桃さんの話と、――若殿はきょう江戸を出発するらしい、品川の宿《しゅく》へ昼までに、ひそかに供回りを向ける用意をしているという報告が来た」

「じゃ、上屋敷へ帰ると見せて、急に出発するつもりなのね」

「偉いな、さすがにあねごだ」

　半九郎が、冗談ともまじめともつかずおだてる。

「で、桃さんはどうなるんです？」

　小鈴にとっては、若殿のことなど、今ではどっちでもいいのだ。

「まあ、聞けよ、拙者の息のかかった下屋敷の留守番と中間が、ゆうべのうちに倉の中で妙な死に方をしていたという。その辺の事情から、若殿の江戸出発が急になったと思われるんだ――そこでな、あねご、いよいよ国入りとなると、敵のほうも桃さんのような腕ききがほしいのは当然だろう」

「いいえ、あの人はそんなこと、承知するはずはありません」

「そうかな。あねごがそういうんなら、まちがいはあるまいが、念のためということがある。ひとつ、品川の宿で待っていて、確かに桃さんが行列に加わっているかいないか見てくれんか。万一、加わっているようなら、あねごの力で引き抜いてもらいたい。あいう男が敵にいては、ちょっとこっちも仕事がしにくいでな」

真顔になっている半九郎の話に、小鈴はついつりこまれてしまった。それに、桃太郎侍がゆうべ伊織の家へ泊まったとすると、案外情にもろい人、どうくどき落とされているかもしれないという疑惑もある。

「ようござんす。あたしこれからすぐ行きます」

すでに上屋敷へ帰館の時刻が迫っていた。にせ若殿の桃太郎侍は、あけ放した茶室の日なたにすわって、ゆうゆうと庭をながめている。

小だるまの杉田助之進、のっぽの大西虎之助《とらのすけ》、むっつり屋の上島新兵衛が、それぞれ庭の適当な位置に控えて、若殿のお立ちを待っていた。いや、お立ちを待つというより、――急病の百合之助をカゴにのせて、早朝上屋敷へ帰った伊織から、

「なるべくおそばを離れぬように、おまえがた三人のうちひとりは、必ず若殿の見えるところに控えていろ」

と、特に警護を申し付けられていたのである。

(さっきから、ああして、おひとりで庭をながめておられるが、何がおもしろいのだろう)

もうお時刻だというのに、さすがに悠長《ゆうちょう》なものだと、せっかちな小だるまは、時々若殿のほうをうかがいながら、いらいらしている。

が、桃太郎侍は決して悠長に構えているわけではなかった。サルの伊之助の来るのを待ちかねているのである。

(まにあわぬかな)

上屋敷へ帰るのならとにかく、途中から品川へ向かって、そのまま江戸を立ってしまうのだ。それだけに、気が気ではない。

(朝という約束だから、もう来なければならんのだが)

あの男のことである、来ようがおそければおそいだけ、なにか糸をたぐりこんでいるのだろう。聞いておけばきっと役にたつのだし、今後の打ち合わせもしておかなくてはならないのだ。

（いよいよまにあわなければ、今夜の泊まりで落ち合う手がないではないが）

出発の時刻は、ゆえなくそう延ばすわけにはいかぬ。品川で待ち合わせる時刻が、ちゃんと決まっているからだ。

（やむをえぬ）

こっちを見て待ちかねている小だるまの助之進のほうへ合図をしようとした時、おもやのほうから小走りにあらわれたひとりが、むっつり屋の新兵衛に何か報告するのが見えた。来たな、と思っていると、はたして新兵衛が小首をかたむけながら、飛び石づたいに進んで来た。

「申し上げます、ご家老様から伊助とかいう下郎が使者にまいりまして、じきじきでなければご用はいえぬ、と申しているそうでございますが」

中間や下郎は、若殿にじきじき物をいうということはできないのだ。

「会ってみよう。用心深い伊織のこと、何か考えがあって、わざわざ下郎をよこしたのかもしれぬ。案内せい」

桃太郎侍はうまくこじつけた。

「承知いたしました」

新兵衛は待たせてあった取り次ぎの者といっしょにおもやのほうへ去ったが、しばらく手間どって、中間姿の伊之助を庭のほうから案内して来た。

「下郎、ご前であるぞ」

新兵衛にいわれて、

「へえ」

伊之助はベタリと石の上へ土下座をする。

「伊織方中間伊助、召しつれましてございます」

「うむ、そちはさがっていよ」

桃太郎侍は新兵衛を遠ざけて、

「そこでは話が遠い。話すから、進め」

伊之助に声をかけた。

「へえ」

「遠慮には及ばぬ。面をあげよ」

おそるおそる頭を上げて、伊之助不思議そうな顔をしている。

「へえ」

「どうした、伊之助」

小声になって微笑して見せると、

「やっぱり、だんなでしたね。ああ驚いた」

ほっとしたように、はじめてつぶやくのである。

「たいそうおそかったではないか」

姿は若殿らしくおうように構えて、ことばだけ桃太郎侍になる。

「だって、だんな、いまの侍に、まっ裸にされて調べられていたんでさ」

考え深い新兵衛のやりそうなことである。

「まあ、おこるな。何か危険なものでも持っていないかと――、つまり、わしをたいせつに思ってのことだ」

「おこりゃしませんがね、驚いたのなんの。――けど、だんな、だんなもそうしていると、なるほど、りっぱな殿様ですね。やっぱり、あっしはこおうござんしたよ」

サルの伊之助は感心するのだ。

「まあいい。——伊賀半九郎のことを聞こう」

「その前に、ぜひ耳に入れたいことがありますんで」

急にサルが悲痛な顔をするのである。そういえば、はじめて顔をあげた時から、妙にまぶたを赤くしていた。

「どうした、伊之助」

「けさ、夜明けごろに、隣のお俊さんが死にました」

「なにッ!」

がくぜんとする桃太郎侍!

「だんなの身代わりになったようなもんでさ」

「身代わりに——?」

「へえ。ゆうべ、だんなのところへ押しこんで来た浪人者のひとりが、帰りがけに一太刀《ひとたち》斬《き》って行ったんだそうで。畜生! ——そいつらはだんな、やっぱり伊賀半九郎ってやつの回し者だったんでさ」

「その心当たりはわしにもあるが、——そうか、そんな乱暴を働いて行ったか」

許さぬ！　と桃太郎侍のほおから血の気がひく。

「あっしは明けがたまで看病して、死に水をとりました。お俊さんは死ぬまでね、だんな。――いくぶんでも先生のお役にたったんだから、わたしはかまわない。ただ、かわいそうなのは、ひとりで残された仙坊のこと。お隣のおじさん、どうか先生に頼んでください。仙吉を一人まえの武士にしてやってくれと――」

伊之助はたえきれず、握りこぶしを目にあてて、ウ、ウッと嗚咽《おえつ》する。

「――！」

桃太郎侍は歯を食いしばった。遠くから家来たちが見ているので、涙をこぼすわけにはいかない。

(あれは正夢だったか)

明けがた夢に見たお俊のふしぎな姿、くれぐれも仙吉のことを頼んでいたが――息を引き取ったのはちょうどその時刻だったのだろう。なんという不幸な女、しかも自分のために死なしたかと思うと、泣くよりつらく申しわけない。

「伊之助、死骸《しがい》はどうした」

「まだそのままに。だんなとの約束があるんで、近所の人に頼んで、ちょっと抜けて来ました」

「早く帰ってやってくれ。わしも行きたいが、事情が事情だ。おまえ、わしにかわって、頼む。仙坊のことは命にかけて引き受けると、ひと言たむけのことばをいってやってくれ。万事おまえがさしずしてな、できるだけねんごろに、――仙坊はどうしておる」

「聞かないでおくんなさい、だんな。――ただね、お俊さんに、先生のいうことをよくきいて、りっぱな男にしてもらえっていわれたもんだから、先生はどこへ行ったんだ、早く、会わしてくれろと」

「そうか。――お俊さん、仙吉の父親のことはなにもいわなかったか？」

「いいました。薄情なやろうで、あてにはならないが、なんでも讃州丸亀《さんしゆうまるがめ》から一度たよりがあったとか。名まえは伊藤新十郎って剣術使いなんだそうです」

「何ッ？」

奇縁といおうか、その丸亀へ、きょう旅だたねばならぬ桃太郎侍である。

神田小川町の上屋敷へ帰るべき若殿の行列。その日の供がしら上島新兵衛のさしずで、途中から道筋が変わり、そのまま、品川の宿にはいってしまった。行列途上の責任はかかって供がしらにあるので、ほかの者は絶対に口が出せない。

それにしても、あまりに違いすぎるので、

「お供がしら、お道筋が違いはしませんか？」

そっと注意した者がないではなかったが、

「いや、これでよろしい」

新兵衛はがんとして受けつけなかった。

にせ若殿の桃太郎侍がひそかにその旨を申し含めておいたのは、新兵衛のほかに小だるまの助之進、のっぽの虎之助のふたりきりだった。カゴが品川の本陣へ着くころには、おおかたの者がもうその意のあるところを察してしまった。

（当分、江戸とも別れか）

桃太郎侍はカゴに身を託して、軽く瞑目《めいもく》していた。なによりも心残りなのは、自分のために不慮の死を遂げたお俊のなきがらに、一ぺんの回向《えこう》さえしてやれずに旅立つことである。

くれぐれも伊之助にいいつけておいたから、ねんごろには弔ってくれるだろうが、——それにしても憎いのは罪もない女を斬って行った冷酷無残な大滝鉄心斎一味の悪浪人どもである。

（お俊さん、きっとかたきは討ってやるぞ）

今までは敵となるも、味方となるも、その時の人間の運、なるべく無益な殺生はしたくないと、できうるかぎり手加減をして来たが、——もう遠慮は無用、絶対に許さぬと、桃太郎侍は激しい憤怒を感じていた。

多難の旅はもとより覚悟の前。だが、今となっては仙吉のためにも、生きて帰らねばお俊にすまぬ。しかも、兄に毒を盛って生死の境におとし、父を幽閉して若木家を横領しようとしている極悪人、是が非でも負けてはならぬ旅だ。

それに聞きのがしできないのは、百合が門番中間森助から聞かされたといって、あの穴倉のやみで話していたことである。

「国もとの万之助様は、本当はお梅の方との間にできた伊賀半九郎のお子だというのですけれど、そんなことがあるものでございましょうか」

百合は信じかねるふうであったが、——これもないとはいいきれないことである。

小鈴を手に入れるためには、平気で敵とも味方ともわからぬ自分を暗殺させようとした半九郎だ。人間を人間とも思わぬやつ、おのれの才気と腕に任せて、なにをしているか、どんなことをするか、わかったものではない。わかっているのは、かれが尋常一様の悪党ではないということだけである。

（いよいよ知恵比べ、腕比べ！）

憤怒が加わって、桃太郎侍の闘志はいやがうえにも燃えあがる。

カゴが本陣へついたのは、やがて昼少し過ぎて、すでに伊織が上屋敷からさし回した旅の供回りが先着して、若殿のお着きを待ちかねていた。

そのころ――。小鈴はすっかり旅じたくをして、南品川の掛け茶屋、往来のよく見える床几《しょうぎ》に休んで茶をのんでいた。

桃太郎侍が若殿国入りの行列に加わっている――まだ半信半疑だが、多くの人を使って一から十まで報告を集めている半九郎のことばだ、どうも信じないわけにはいかないのだ。万一、加わっているとすれば、まさかここでいきなりことばをかけるわけにはいかぬ。今夜の泊まりは神奈川か程ガ谷、そこまでついて行かなければならないし、それでもいうことを聞かなければ、丸亀までも追って行こうという、――相変わらず恐ろしいこの女の執念なのである。

（だれが、あんなしろうと娘なんかに！）

一晩でも伊織の屋敷へ泊まったとなると、泊まった桃太郎侍より、引き込んだ伊織の娘のほうが憎くってたまらない小鈴なのだ。

（おや――！）

もうやがて通るはずの若殿の行列ばかりを心待ちに、なにげなく表をながめていた小鈴は、うっかり見のがしてしまうところだった。――上り下りの人足絶えぬ街道筋《かいどうすじ》、明るい秋の日ざしの中を、黙々とふたり連れの六部が上って行くうしろから、ふと通り過ぎて行く道中羽織り伊賀ばかまの旅の武士。その侍の左の目に、白い目おおいが掛かっている。見直すまでもなく桃太郎侍なのだ。

意外にも、たったひとり。――が、それを不思議がっているより先に、

「ねえさん、お茶代はここへおきますよ」

小鈴は、もうあたふたと茶店を走り出て、

「桃さん！　桃さんてば！」

「――?」

呼ばれてふり返った桃太郎侍は、そこに思いもかけぬ旅姿の小鈴を見て、さすがに目をみはった。

「やあ、師匠――!」

「知らない! あたしを置いてどこへ行くつもりさ、桃さん」

ゆうべから押えに押えていた感情が、顔を見るなり爆発してしまったのだ。夢中で男のそでをつかんで恨みがましく見上げる目いっぱいに、われながらどうすることもできない涙が、急にあふれて来た。

「師匠こそ、どこへ行く」

桃太郎侍は、うっかり返事ができない。こっちは敵をあざむいて不意に江戸を立ったつもりでも、それがどう陰謀派のほうへ知れているか計り知れないのだ。大事の上にも大事をとって、行列より一足先に本陣の裏口から忍び出た桃太郎侍、まさかこんなところに小鈴が待っていようとは、夢にも思わなかった。いや、もし自分を待っていたのだとすれば、どうしてきょう自分が江戸を立つことを知ったか、まずそれから聞かなければならないのである。

「どこへ行くって、桃さん、そんなに桃さんはあたしがいやなの」

「まあ、歩きながらの話にしよう。往来の者が見て笑っている」

だれが見たって、しろうと女とは思えぬ、はでな年増《としま》が、道のまん中で若い侍のそでをつかんだり、涙をふいたり、――ちわげんかとしか見えないのだから、これは人目をひくのが当然である。

「笑いたい者には、笑わしといてください。あたしはそれどころじゃありません」

「わかった、わかった。もういいから」

「ちっともよかあないじゃありませんか。なにがわかったのさ、桃さん」

手がつけられない。

「あやまる。とにかく、歩いてくれ。これには子細のあることだ。それとも、どこかその辺で一休みしながら話そうか」

当惑して、肩をなでんばかりの男のやさしい顔を見ているうちに、小鈴は、少し気がしずまって来た。いや、こうしていとしい男からなだめられている自分に満足して来たのである。

「知らない！」

急に小鈴はそでをつかんだまま歩きだした。

「おいいなさいよ、どんな訳があるのさ」

「いいかげんに、そでを放してはどうだ。おかしいではないか」

「おかしかありません。だれが放すもんですか。それとも桃さんは、やっぱりご家老様の娘のほうが好きなの？　さんざん人を待たしておいて、ゆうべはあの娘のところへ泊まったんですってね。ほんとうなの？——おいいなさいってば」

いきなり肩をぶつけるようにして来るのだ。

「なんのことだ、それは」

桃太郎侍にはどうしてもげせぬ。げせぬうちは、うっかり口がきけないのだ。——口がきけないのはいいが、この姿、たぶんうしろから護衛役としてひそかについて来るのっぽの虎之助が、さぞ驚いているだろうと思うと、くすぐったくもある。

「師匠、まあ落ち着いて話してくれ。いったい、師匠はどこへ行くのだ」

桃太郎侍は改めて小鈴の旅姿を見直しながらきいた。道は左手に、冬近い品川の海がひらけて、よく晴れた水平線のあたり房総《ぼうそう》の山々が澄んだ大気に青い。――讃州丸亀までは陸路船路あわせてざっと百八十里、多難なるべき道中とは覚悟していたが、その振り出しの品川で、もうこんな予想外なはめに出会おうとは、いささか意外であった。

「きまってるじゃありませんか。あたしはどんなに薄情にされたって、一度自分で亭主ときめたら、死んだって離れやしませんからね」

ことばどおり小鈴は、いつしかつかんだそでを放そうとしない。

「しかし、わしがきょう江戸を立つということが、どうしてわかった」

「桃さんはゆうべ、あの娘にくどかれて、伊織の屋敷へ泊まったんですってね」

とんでもないことをいいだす。

「伊織の屋敷？」

「とぼけたってダメ。ちゃんとけさ知らせてくれた人があるんです。伊織の屋敷へ泊まったからには、きっときょう江戸を立つ若殿の行列に加わって、いっしょに丸亀へ行くつもりなんだろうって」

「おかしいな」

国入りをするのは事実だが、それは若殿としてであって、そのにせ若殿の秘密がほかへ漏れるはずはなく、まして、桃太郎侍がゆうべ伊織の屋敷へ泊まったなどということは、ありえないのである。

（そうか）

ふっと頭にひらめいたものがある。若殿江戸出発は早くも裏切り者から伊賀半九郎の耳へはいった。これは予期していたことだから驚きはせぬ。半九郎は極力若殿の国入りを妨害し、あわよくばこれを途中で倒さなければならぬのだ。ところが、小鈴はすでにこの事件から興味を失っている。ただでは江戸を離れたがるまい。どうしても同行させるには、桃太郎侍が行列に加わっているといわざるをえなかった。

つまり、小鈴に野心のある半九郎が、小鈴を道中へひっぱり出すための口から出まかせが——偶然にも自分のとった手段と錯綜《さくそう》して、ここでバッタリ小鈴と出会うことになったのだろう。それよりほかに考えようがない。

（それにしても、厄介なことになった）

道中この調子で、小鈴につきまとわれたのでは、桃太郎侍としては、うっかりにせ若殿に早替わりもできないことになる。

「ちっともおかしかあないじゃありませんか。桃さんとうとうあの娘にくどかれて、あたしを捨てる気になったんでしょう。それでなけりゃ、こんな旅姿をして、今ごろここへ来るはずはないんです」

小鈴はすっかり桃太郎侍が若殿方になって国入りをすると信じているのだ。

「それは師匠、違う。拙者いまさら伊織の娘にくどきおとされるくらいなら、何もゆうべ伊之助とあんなけんかはせん」

「じゃ、どうして桃さん、ゆうべ伊織の屋敷へなんか泊まったんです?」

「いや、それがおかしいというのだ。わしは伊織の屋敷へなんか泊まったおぼえはないし、若殿がいつなにをするか、そんなことは少しも知らん。——わしは長崎に良い目のオランダ医者が来ていると聞いたから、そこへ行くつもりで出かけて来たのだ」

「うそ……そんなことをいって、あたしをだますんです。それがほんとうなら、ゆうべ、あんなにあたしがいっておいたのに、あたしの家へ来てくれないはずはないんです」

「その考えは違うぞ、師匠」

桃太郎侍はなにか含むところがあるように、りんとした声音《こわね》になった。

「なにが違うんです、桃さん」

嫉妬《しっと》が伴っているから、小鈴の心は容易に解けない。

「わしは浪人はしていても、武士のはしくれだ。――師匠がわしの目を心配してくれたゆうべの情、それはよく承知している。感謝もしている」

これはいつわりのない桃太郎侍の心だ。

「それほど、あたしの心を知っている桃さんが、なぜ待ちぼけなんか食わしたんです」

「それが少し違うのだ。われわれはまだ祝言の式をあげていない。心はどうあろうとも、ちゃんと道を踏まずに、男が女ひとりの家へ一夜でも泊まれるか。妻となり夫となることは人間一生の大事、この世ばかりの縁ではない、二世までも約束されることだ。わしは人目を忍ぶような軽々しい契りは結びたくない」

「――――」

ハッとして小鈴は急にうなだれてしまった。

この世ばかりではなく、二世までの約束、そこまで考えている男の深い、しかもりっぱな心に対して、二世が三世でも思う心は決して負けはしないが、あまりにも男女の道を簡単に考えていた、おのれのあさはかさが恥じられたのだ。

「それに、わしは今片目ですむか、両眼を失うか、不具になりかかっている人間だ。万一師匠の一生の重荷となっては申しわけない。まずこの目をなおしてからでなくては、軽々しいまねはできぬとも考えた」

「恨みます、桃さん。軽々しく事を考えたのは、そりゃあたしがあさはかでしたけれど、重荷だなんてあんまりです。あたしはそんなあだし心で桃さんを思っているんじゃありません」

小鈴はそっと涙をふいた。

「わかっているが、男としては女の一生の重荷となることは忍びないのだ。――とにかく、長崎から帰るまで、この話はあずけて、師匠は江戸で待っていてくれぬか」

桃太郎侍はさとすようにいってみた。

「いいえ、あたしは迷惑でもいっしょに行きます」

「――」

「やっぱり尽きない縁があるんですね。伊賀さんがあんな思い違いをしてくれなければ、あたしはこうして桃さんに会えないところだった。考えても恐ろしい」

こりゃいかんと、桃太郎侍は当惑せざるをえなくなった。話はうまくかたづいたが、ついて来られたのでは身動きができない。

「迷惑——？　桃さん」

小鈴は黙っている男の顔をおずおずと見上げるのである。

「あたし、決して、もういやらしいことはいいません。桃さんがいいというまで、きっと待ちます。——それに、お金だって用意して来たし、ただついて行くだけ。それならいいでしょう？」

実はそれが困るのだ。が困るといったら、よけいいいじになりかねない女なのである。

「物好きだな、師匠も」

「だれがこんな物好きにしたんですかね」

「口ではそういっても、長崎までは遠いぞ」

「天竺《てんじく》よりは近いんでしょう？」

手がつけられない。

「江戸の家のほうはいいのか？　このまま行ってしまって」

「いいんです。ちゃんといいおいて来ましたし——家なんかどうなったって、好きな人にはかえられません。こんなことといって、またしかられるかしれないけど、もし長崎で長びくようなら、あたし向こうで働いて、家を持ちます。どこへ住んだって、桃さんとならかまわないし、——向こうにだって、なこうどぐらいしてくれる人はいるでしょうからね」

六郷の渡しの近く、油障子に「酒さかなあり」と書いたこぎれいな休息所の土間を占領して、十人あまりのいかつい浪人者がいずれも身軽な旅姿で——酒を飲んでいる者もあれば、渋茶で大福をほおばっている者もある。口数は少ないが、みんな目の色が妙に殺気走ってギラギラしているので、なにげなくのれんをくぐろうとする客が、逃げるように行ってしまう。

「おい、酒はいいかげんにしておけよ」

奥のほうから声をかけたのは、両国矢の倉に今井田流の道場を持つ大滝鉄心斎だ。四十五、六の総髪、あから顔の堂々たる体軀《たいく》で、剣客者としてはいちばんあぶらの乗った年輩である。それを囲むように三人、大滝に比べて服装は貧しそうだが、他の一団と違って平然と落ち着いているのは、いずれも腕に自信があるのだろう。

「とかく若い者はすぐ血気に駆られるでな」

「いや、真剣勝負になれんうちは、だれでも酒の勢いをかりたくなるものだ」

「いざという時、息が続かんで困るのだがな」

この連中は静かに茶を喫している。ひとりは南部浪人木村勝次郎、ひとりは中国浪人林田治助、もうひとりは越後浪人川合芳之助、いずれもいなかへ行けばりっぱに一流の先生で飯が食える剣客だ。

「貴公たち、きょうはバカに神妙だな」

鉄心斎がひやかすように三人を見て笑った。

「きょうは大敵ですからな。われわれはこれでも、ちゃんと時と場合は心得ています」

南部浪人はもっともらしい顔をした。

「ゆうべの失敗を取り返さなくちゃ、伊賀大人《たいじん》に申しわけない。それに、きょうのは白昼戦だ」

額に古傷のある中国浪人がいう。

「いかに林田でも、あの女を斬るようなわけにはいかん。な、そうだろう」

南部浪人が笑った。

「それをいうな。あれが、酒の勢いというやつだ。考えてみると、かわいそうなことをした。多少寝ざめがよくない」

「かわいそうより、今考えると惜しくなったんだろう。裏長屋には珍しい美人だったから斬りたくなった、それがほんとうらしいな。どうだ林田」

越後浪人が皮肉な目をした。

「いや、酒の勢いだよ」

「そりゃ、酒の勢いには違いないが、あの、バタバタあばれて白いはぎがすそに乱れるのを、貴公すごい目をしてにらんでいたぞ。おれはあぶないと思った。自分のものにならんと思うと、急に、ムラムラッと斬りたくなる、あぶらの乗りきった大年増だからな」

「その話はよせ」

林田治助のほおが、スッとあおくなる、冷たい病的な顔だ。

「なあに、あのくらいの傷じゃ死にゃせんよ。憎くって斬ったんじゃない、いわば、ほんのできごころというやつだ。——しかし、あののけぞった姿は見ものだったぜ。肩を押えた白い指の間から血を吹いてゆがめた顔、バラリと解けた髪が煙のように——」

「よせと申すに、——おい、ひやでいいから、酒を持って来い」

「ハハハ、とうとう先生たまらなくなったな」

越後浪人が笑いだした。このほうが人が悪いらしい。

「貴公は飲んだほうがいいんだ。酒がはいらんと、ほんとうの闘志が出ん、神経質だからな——大滝さん、敵の人数は、まだはっきりせんですか」

「うむ、もう知らせが来る時分だな。どちらにせよ、いくさは船だ。何人いたところで一艘《そう》にそうたくさんは乗れんから、勝負は案外簡単だろう。それに、敵はこの白昼、六郷川のまん中で襲撃をうけようとは考えてもいまいからな、——伊賀大人らしい戦法だよ」

鉄心斎がヒソヒソと説明している時、不意に表から駆けこんで来た者があった。

「やあ、大滝先生」

呼びながらはいって来たのは、同じような浪人者である。

「なんだ、古田さん」

「伊賀大人からの伝言です。襲撃は中止、すぐ川を渡って集まるんだそうです」

「中止——？」

居合わせた者が一様に伝令の顔を見た。中にはほっとしているらしいのもある。

「行列のカゴはからだそうだ。若殿もなかなか食えん。平侍に変装して、一足先に出たらしいという密報が来たんだそうです」

「たったひとりでか？」

鉄心斎があきれた顔をする。

「さあ、くわしいことはわからんのですが、近習たちの顔の中でひとり見えぬやつがあるというから、ふたり連れか、いずれにしても小人数でしょうな」

「また、ずいぶん思いきったまねをするではないか」

「とにかく、バカ殿ではないそうです。伊賀大人も、何をするかわからん殿様だといって、苦笑いしていました」

「その小人数のほうが始末がしいいぞ。だれか顔を知っている者はおらんのか？」

南部浪人が一同を見渡した。

「人相ぐらいは聞いておるが、おそらく、ちょと見たぐらいではわかるまい。いずれ何か変装しているだろうからな」

鉄心斎は問題にしない。いちいち通行人を呼び止めて調べるというわけにはいかないのだから、やすそうで案外それはむずかしい仕事なのだ。

「なにか伊賀さんに策があるのだろう。とにかく、一同あんまり目だたんように、二、三人ずつ引き揚げてくれ」

浪人たちは思い思いに立ち上がった。

「惜しいな、顔を知っていさえすれば、逃がさんのだが」

「金百両の大将首だからな。そのうえ百石の新規お召しかかえだ。まず夢に近いほうだろう」

笑いながら三人一組、最初のが茶屋を出て——ちょうどその時、六郷へさしかかって来た桃太郎侍と小鈴を見かけたのだ。変装ということばが出ているから、桃太郎侍の、白い目おおいがすぐ目につく。しかも、この連中はあいにく、小鈴の顔を知らなかったのである。

「おい？」

ひとりが連れをこづいた。

「うむ」

こづかれたのがうなずく。

「しかし、女連れとは少し変ではないか。それとも若様、おめかけづれとしゃれたかな」

「まさか。——しかし、途中で道連れにするという手はある」

「それにしちゃ、あのご両人、仲がよすぎるぜ。見ろ、手をひきあわんばかりだ」

「そんなことをいっておってはかぎりがない。とにかく、茶屋へひきずりこもうじゃないか。あのべっぴんをからかうだけでもおもしろい」

「あさましいことをいうな。——だが、すごい美人だな」

これもまんざらではないらしい。

「おれに任せろ」

ひとりがツカツカと桃太郎侍の行く手へ立って、いんぎんに頭を下げた。

「失礼ですが、てまえ、ごらんのごとく道中の貧乏浪人」

「——？」

桃太郎侍は目ざとく、三人が何か耳打ちをしているのを見ていたので、あやしいやつらと、すぐにらんでいた。

が、けぶりにも見せない。

「貧乏浪人はご同様でござるが、――なにか用ですか？」

「いや、同じ貧乏浪人でも貴公などはどうして上等飛びきりのほうでござる。拙者などは全くのすかんぴん、ちとおりいってご無心があるのだが、あれなる茶店までお顔を拝借願えまいか」

「ここではいかんのですか？」

「それが、ちとどうも、――なに、決してお手間はとらせません。ご新造ですか？　うらやましいな。ご夫婦で道中、お疲れのようでござるから、ついでに一休みなすってはいかが」

　こいつ、なかなか如才がない。

（どうする？）

と、いうように、桃太郎侍は小鈴をふり返った。――まさか、若殿として自分が疑われているとは思わない。弱い女連れと見ての金の無心、そんなところだろうと思った。

「休んで行きましょうか、あなた」

　どうやら思いがかなってのうれしい旅、小鈴は夫婦と見られたのが楽しかったらしい、別にこの連中など物の数にも思っていないようだ。

「そうか。――では、お供いたそう」

「恐縮、――いや、恐縮」

浪人者は先に立って、チラッと連れのふたりのほうへ目くばせした。心得てふたりが退路を断つように背後へ回る。

「さあ、どうぞお先へ」

ガラリとあけた油障子、――中にいた十人近くの一味が、いっせいにこっちを見た。

（おや――？）

桃太郎侍ははじめて目をみはった。――あるいは行列を待ち伏せしている連中ではあるまいか。では、何のために自分を呼び入れる？

これは油断ならぬと思ったが、事に当たってあわてるような男ではない。

「だいぶ、たてこんでいるようでござるな」

なにげなく入り口に立ち止まって、障子に手をかけている案内の浪人の顔を見た。

「いや、奥があいております。どうぞ、ご遠慮なく」

「さようかな」

中へはいると、ピシャリと戸を締め切って、

「ご一同、こういう変装はござらんかな」

勝ち誇ったように、その浪人者がどなった。一瞬、しーんと連中の顔色が緊張する。

「おや、大滝先生。大滝さんじゃありませんか」

事の意外に一度はハッと男の背へすがるようにした小鈴が、それと見てこんどは桃太郎侍をかばうように、いきなり前へ出た。

「おお、小鈴師匠！」

「どうしたんです、大滝さん。これはなんのこと？――あ、行列を待ってるんですね」

小鈴はすぐに気がついた。

「うむ。――師匠、その人は？」

鉄心斎も桃太郎侍の顔ははじめてだ。目おおいを見て、これもあるいはという疑問がある。

「ああ、この人？　ホホホ、これはうちの人、伊賀さんからお聞き及びでしょうが、桃太郎って申しますの。あなた、矢の倉の大滝先生です」

さすがに小鈴はポッとほおを染めていた。人の前であなた呼ばわりは、はじめてである。

で」

「大滝先生――？」

偉いことになったと、桃太郎侍は内心おだやかでない。ゆうべ伊賀半九郎のいいつけ

で、自分をお化け長屋へ襲撃した大将なのだ。が、けぶりにも見せず、

「はじめて御意を得ます。拙者桃太郎、なにかと小鈴がお世話になっておりますそう

わざといんぎんに頭を下げた――あるいは、この中にお傻を手にかけたやつがいるの

ではなかろうか、それとなく見渡すと、一癖も二癖もありそうな顔ばかり、妙に殺気

だってこっちをジロジロにらんでいる。

「ほう、貴公が桃氏《ももうじ》――！」

鉄心斎は改めて目をみはった。

「どこへ行かれる？　お見うけすれば、旅じたくのようだが」

「長崎へ行くんです」

小鈴が引き取って答えた。

「あなた、掛けさせていただいたら？――実はね、この人、急に左の目が痛みだして、

見えなくなってしまったんです。それで、長崎にいい目のオランダ医者が来ていると聞

いたもんですから、これからみてもらいに行こうと思って」

「そりゃいかんな。どんなふうに見えなくなったのだな」

疑う余地はないようにも思えるが、念のためというように鉄心斎は持ちかけた。

「決して貴公を疑うわけではないが。師匠、知っているだろう？　問題の人物が行列のカゴから脱け出して、ひとりで歩いているという知らせがあったのだ。それで、この連中、桃氏の目おおいを見かけて、その問題の人の変装ではないかと思ったらしい。ハハハ。桃氏、ひとつ連中にその痛む目を見せてやってくださらんか」

その実、鉄心斎も半信半疑なのだ。

「まあ、うちの人が若殿に？　大変ですこと。――あなた、見せておやりなさいまし」

信じきっている小鈴は、平気で笑ったが、――もうそんなことまで知れているかと、桃太郎侍は、さすがに驚かざるをえない。こんどの供回りは、じゅうぶん伊織が人選してあるはずなのだ。しかも、まだ裏切り者がいる。

「ご覧ください」

いわれるままに桃太郎侍は目おおいを取って見せた。左の黒目にどんよりと白いカスミがかかって、これはだれが見ても眼病としか思えぬ例の巧みな細工である。

「なるほど、こりゃひどい。──よくわかりました。失礼失礼、もう疑う余地はない。若殿が片目のはずはないのだ」

が、これが桃太郎侍ときまると、かわいそうだがやっぱり生かしておけないのである。むろん眼病で長崎へ療治に行く男が今が今敵方につくとは思えないが、半九郎がこの男を斬りたいのは、恋のじゃま者になるからだと鉄心斎は知っていた。そのくすぐったさがあるから、昨夜の失敗はあまり責められずにすんだので、失敗をただ失敗ですませるような半九郎ではない。

それだけに鉄心斎としては、ここで桃太郎侍を斬って、半九郎の意を迎えておきたいところだが、少し厄介なのは小鈴に気がつかれないように斬る必要があることである。

「大滝さん、伊賀さんは？」

なにも知らぬ小鈴がきいた。

「伊賀大人はたぶん向こう岸だろうと思うが」

「じゃ、お目にかかれないかもしれませんね。お会いになったら、小鈴はお役目をすまして長崎へ行く、とおっしゃってください。おついでの時でいいんです」

小鈴にすれば、半九郎に頼まれた桃太郎侍引き抜きの役を、今こそりっぱに果たしたという誇りもあるのだ。

「あなた、そろそろ出かけましょうか。――とんだ人にまちがえられるところでした。きょうは少し早いけど、川崎泊まりにしましょう。行列といっしょになってはぶっそうです。この人たち、なにをしでかすかわかりませんからね」

男を男とも思わない女、あらくれ浪人たちの見ている前で、これ見よがしに、まるで手を取らんばかりの女房ぶりだ。

「あ、桃氏――！」

鉄心斎が急いで呼び止めた。このまま立たれたのでは、身もふたもなくなる。

「ちょうどいいおり、ぜひ後学のために教えていただきたいことがござる。――師匠、ほんのしばらく、桃氏を借りてもいいだろう」

「なんです、大滝さん？」

「桃氏は小野派の達人と聞いている。お目にかかったのをさいわい、こんなおりはまたとない、型を一つ二つ、ぜひおききしたいのだ」

苦しい口実を考えだした。

「とんでもない。大滝さん、うちの人は病人なんですよ。こんな病人をつかまえて試合だなんて」

「違う、違う。口で教えてもらえばいいのだ。剣は死ぬまでの修業、まさか初心ではあるまいし、そうむやみに竹刀《しない》など振り回しはせん。――いかがでござろう、桃氏、拙者年来疑問として悩んでいる剣が一つ二つあるのだが」

「さあ、大滝先生ほどの大先輩が悩んでいられる剣、若輩にはたして解けましょうかな」

答えながら桃太郎侍は、来たなと思った。

「いや、そのごけんそんでは恐れ入る。ちょっと裏へ出ましょう」

鉄心斎は気軽に立ち上がるのだ。

「では――」

誘われて腰をあげようとする桃太郎侍、

「あなた、いいんですか？　また目が痛みだすと困りますよ」

小鈴が心配そうにまゆを寄せた。

「なに、すぐ済む」

「師匠、心配せんでもいいよ。――ああ、貴公たち、伊賀大人が待ちかねているといかんから、一足先へ川を渡って、話しておいてくれ。一度に立つと目だつぞ。そうだ、貴公ら三人が先陣したまえ」

鉄心斎がなぞのようにさしずしたのは、南部浪人、中国浪人、越後浪人の三人一組、

「承知いたした。——行こうではないか」

南部浪人が先頭に立って表口から出る。

「では、桃氏」

見とどけて鉄心斎は裏口から先へ出た。

「気をつけてくださいよ、あなた」

「うむ」

桃太郎侍はうなずいて、やさしく笑って見せたが、——それが小鈴へのせめての別れのあいさつであった。

（こいつ、わしを引き出して斬る気だ）

むろん、桃太郎侍は知っていた。知っていてこの手段に乗ったのは、剣を取って向かって来る敵は少しも驚かぬが、情にからんで来る敵にはかなわない。実は、どういうふうに小鈴と別れたものかと、ひそかに心を痛めていたのだった。

（いい機会である。かわいそうだが、このまま置いて行こう——許せよ、小鈴）

一方に、そんな覚悟をしていたからである。

「なるべく、人目のないところがいいな。河原《かわら》へまいろう」

だましたつもりの鉄心斎は、枯れススキのむらがる堤を、河原のほうへずんずん降りて行った。秋日に明るい六郷川、広い河原には枯れたアシが火をつけたらたちまち燃えひろがりそうに密生している。

（なるべくではあるまい。絶対に人目につかんほうがいいのだろう。まして、小鈴にはな）

桃太郎侍はおかしかった。

「大滝先生——！」

河原へおりると、表口から出たはずの三人組の浪人どもが待っていた。

「てまえども後学のために、先生が疑問とせられる剣の型をぜひ拝見しておきたいのですが、お供願えないでしょうか」

南部浪人が、いんぎんに小腰をかがめた。

「さあ、——総じて奥義というものは、みだりに他人に見すべきものではないのだが」

当惑したように、わざと鉄心斎がむずかしい顔をする。

「そこをなんとか、どうでしょう、われら三人ご承知のとおりの剣道執心――」

「どんなものかな、桃氏」

「かまわんでしょう。ご執心のかたがたとあれば、ともに学ぶのもこの道のためです」

桃太郎侍はあっさり承知した。不承知といったところで、おとなしく引きさがるような相手ではないし、伏勢となって不意に飛び出されるより、始末がいいのである。

「では、いっしょに来るがいい」

「かたじけない」

結局、先頭は鉄心斎、背後から無気味なオオカミ浪人が三人、桃太郎侍は前後をはさまれた形になって、茶屋から二、三丁ばかり、枯れアシにかこまれてどこからもちょっと人目につかぬあき地へ出た。敵にとっては絶好の暗殺場である。

「どうだろう、この辺では」

はたして鉄心斎が立ち止まった。

「そうですな」

あたりを見まわして、それとなく足場を計った桃太郎侍は、ちらっと空を見上げた。

心を落ち着けるためである。

青く深い空だった。白いちぎれ雲がポカリと浮いている。

（白雲ゆうゆう——）

そんな句が心をかすめた。目を下界に移すと半円を描くように立った四人、おのずと殺気を含んだ目の色だ。

「この中に——」

桃太郎侍はおだやかに微笑しながら、まだなにも気づかぬような顔をしていった。

「ゆうべ、お化け長屋へまいって、帰りがけに隣の女を斬った人がいるはず、どなたかな」

「何ッ！」

がくぜんとなる四人の顔の中で額に古傷のある中国浪人林田治助が、思わず柄《つか》に手をかけた。

「貴公だな。罪もなき女を手にかけて、その妄念《もうねん》というものが女にあるものか、ないものか、うしろを見ろ！」

敵の心気を乱す舌頭だった。ハッとうしろを見たのは当の林田ではなく、他の三人。

「黙れッ！」

見なくとも、ゆうべから良心の呵責《かしやく》に責められている林田は、病的な顔を蒼白《そうはく》にして、その妄念を払いのけようとするかのごとく、カッと抜きうちに斬って来た。

軽く飛びのいて、

「お俊のかたき！」

飛びのきながら抜刀した桃太郎侍は、相手の剣が空へ流れて立ち直ろうとするすき、

「エイッ」

からだごとぶつかって行くようにたたきつけた一刀、燃えるような憎悪《ぞうお》と、許すまじき悲憤がこもっているから、じゅうぶん肩を斬り下げて、

「ワアッ」

林田はドッと前へつんのめった。

「やった！――それ！」

「油断するな」

機先を制されて、ろうばいぎみに三人がいっせいに刀を抜く、中央が鉄心斎だ。

「人をだまして斬ろうとする、ひきょうだぞ、鉄心斎。小鈴がほしい男はだれだ。いっ

てみろ!」

「なにッ」

「他人の色魔に追いつかわれるのら犬剣客——そんな邪剣でわしが斬れるか!」

「おのれッ、おのれッ」

激怒した鉄心斎は、かりにも矢の倉の大滝として江戸に知られた剣客、年輩からいっても、経験からいっても、じゅうぶんに自信がある。たかが白面の素浪人、なにほどのことがあるものかと、怒りにまかせて、

「オーッ」

一挙に地をけって飛び込んで来た。強引な捨て身の体当たり、意表に出て、相手が少しでもひるんで呼吸を狂わせれば、その虚へつけこんで一刀で勝敗が決するところだが、桃太郎侍はみじんもそのすきを与えず、がっきと受け止めたから、

「エイッ」

「オオッ」

青眼と青眼の太刀がかつぜんと鳴ってからんだまま、いわゆるつばぜりあいというやつ、——解いて飛びさがったほう、つまり、逃げたほうが斬られるとされている。

（しめたッ）

体力にすぐれている鉄心斎は、一気に相手を押しくずそうと、すかさず、力いっぱい、踏み出して来た。

その出ばな、変化の早い桃太郎侍は、軽快無比、受けて押し返すのが、普通の戦法であるところを、解いてはならない剣をサッと右へはずして横ッ飛びに飛んだのである。

「アッ」

虚をつかれてとっさに鉄心斎は追うように太刀《たち》をないだが、思わず腰が浮いて気抜けの太刀になった。その太刀が胴へはいるが早いか、

「トーッ」

桃太郎侍は無謀にも相撃ちのように、したたか烈剣を敵の肩へ――。

あまりの激しさに、どう手出しのしようもなくぼうぜんとしていたふたりが、

「アッ」と息をのんだほど、それはものすごい一瞬だった。

「ワーッ」

絶叫したのは鉄心斎のほうだった。ほとんど相撃ちと見えたが、桃太郎侍のほうがわずかに早かったらしい。肩から血を吹いて大きくのけぞる鉄心斎、飛びさがった桃太郎

侍の右そでは、半分まで切られてダラリとぶら下がっていた。

「くそッ」

「やれッ」

見るより南部浪人と越後浪人、蒼白にはなったが、さすがに逃げるようなひきょうはしない。どちらも腕には自信のあるやつ、左右から同時に青眼につけて、必死に迫って行った。

「――!」

無言で迎えた桃太郎侍、――ふたりまでは相手の心気を乱して、いわば奇計に倒しえたが、こんどは敵も死にもの狂い、しかも大事をとって両方から牽制しつつ迫って来るので、そう簡単にはいかない。とにかく、呼吸を整えながら、一応ピタリと押えた。あせるのは禁物である。剣先の間合い六尺ばかり。

(油断ならぬ腕だ)

おのずと相手の技量が心眼に映って来たのは、それだけこっちに余裕が出たので、ついにふたりのほうの目が血走って来た。

「エイ」

じりじりと右の南部浪人が間合いを詰めて来る、誘いをかけるのだ。桃太郎侍はきっ先をわずかに浮動させながら、動かなかった。へたに動くと左からつけ入られるおそれがある——乗らずと見て、右がスッとひくと、

「オーッ」

左の越後浪人がグイと出る。

「——！」

桃太郎侍は微動だにしない。相手がしかけうる位置まで出ればむろん敏捷《びんしょう》な剣の持ち主、一挙に飛びこんで行くのだが、妄動《もうどう》はしない。

その落ち着きと、動ぜぬ気魄《きはく》に、ふたりはしだいに圧倒されて来た。じっとしていると今にも飛びこんで来られそうで、双方から味方を頼りに牽制せずにはいられないのである。

「トーッ！」

ついにこらえきれなくなった右の南部浪人が、磁石に吸いつけられる鉄砂のごとく、サッと突いて出る。右足をひいてかわした桃太郎侍の背がちょうど半身に越後浪人のほうを向くので、

「オーッ」

しめたッと越後浪人が同時に斬りこむのへ、無声殺到！　とっさにひいた右足を大きく踏み出して横へ払ったのである。

「ア！」

迎え撃たれた形でたまげるやつ、――その間に危うく立ち直った南部浪人は、もう夢中だ。ネコをかむ窮鼠《きゆうそ》のいきおいで、乱車刀に息もつかず斬りこんで来る。

が、そう長くはつづかなかった。その無鉄砲さに一時はあとへすざりながら桃太郎侍、相手がちょっと河原の石につまずいた体のくずれへ、

「エイ」

これも正確な一刀だった。

「ウウム」

つんのめって行く南部浪人、――惨たる光景である。一瞬前までわめきどなっていた四人の人間が、今は白日のもとへ長々と息絶えて河原を血で染めている。

「お俊さん――！」

ほっと桃太郎侍は青空を仰いでつぶやいた。みごとにかたきを討ったのである。さっ

きの白雲が南へ流れて、青白いお傻の顔かとも見えた。汗ばんだほおにそよ風が涼しい。さすがに息がはずんで、やきつくような渇《かつ》を感じていた。

「若殿――！」

枯れ葉をガサガサと分けて上島新兵衛が走って来る。さんざん捜しまわって、最後の乱闘を遠くから耳にしていたに違いない。息を切って駆けつけるなり、

「アッ、若殿！」

ハッとそこへ両ひざをついてしまった。

万一こういうこともあろうかとついている護衛役、この乱闘にまにあわなかったのは不覚と、上島新兵衛は目のあたり見る惨たる光景に肝が冷える思いだった。

「おケガはござりませぬか、若殿！」

「心配いたすな。どこもケガはせぬ」

桃太郎侍は刀をぬぐっておさめながら、もういつもの顔にかえっていた。さっそうたる若殿ぶりである。

「そ、その右のおそでは？」

「なに、承知のうえで斬らせて敵を斬ったまでのこと」

「新兵衛め、申しわけございません。裏口からとはつい心づかず、ぼんやり表にお待ちしておりましたため、思わぬ遅参――」

「大事ない。このくらいのことは、江戸を立つ時からの覚悟であった」

「しかし、よくお斬りあそばしましたな」

相手は四人である。日ごろ勇ましい若殿ではあるが、これだけ斬って平然としておられる、内心驚かざるをえないのだ。近習として、竹刀《しない》をとってお相手をしつけているだけに、いっそう不思議でもある。

「うむ、相手が弱かった。それに、わしをひとりと思って油断したのが、敵の不覚であった」

桃太郎侍はひやっとしながら、苦しいいわけをする。こんなところから、にせ若殿が露見しては困るのだ――が、信じきっている新兵衛は、それを疑っているのではない。

「若殿、こういうことがございましては、なおさらのこと、替えがたい御身のことゆえ、なにとぞご自重くださいませ。万一まちがいがありましては、てまえどもの嘆きばかりではすまず、それこそ一藩の大事にござります」

若木家十万石がこの君ひとりの双肩にかかっているのだ。人間は困難に出会ってみなければ真価がわからない。お家の大悪伊賀半九郎が目通りするにいたって、にわかに器量英知一段とたちまさり、今またここに凡ならざる腕まえを見て驚嘆し、新兵衛は、この君こそ若木家の大黒柱と感激するにつけても、みずから危険な冒険に身をさらしてもらいたくないのだ。

「てまえども、一命にかけましても、必ずご身辺を警護つかまつりますれば、今後はぜひおカゴにてご道中――」

「新兵衛、そのカゴが危険だ」

「なんと仰せられます」

「六郷の渡しに敵の手配りがあって、舟が中流に出たところを、襲撃しようという手はずであった」

「アッ――！」

「しかも、行列の中にまだ裏切り者がおる。わしがひとりで先行したことが、早くも内通されたので、舟の襲撃は中止になった。半九郎は今、一味を川崎にあつめておる」

「では、こいつらは――」

「むろん、敵の一味だが、わしの身分を知って仕掛けたけんかではない。これは女連れと見て、やせ浪人ども、無心をいたしおった」

「若殿、して、あの婦人は――?」

「知らぬ。道連れになってくれと申すから、敵をあざむくにはちょうどよかろうと思ってな」

これも苦しいいわけ、桃太郎侍もさすがに、ほおがほてる。

「それはおあぶのうございました。道中ではえてして、そういうゴマノハエがつきたがるもの、ご油断はなりません」

新兵衛は真剣だ。――かわいそうに、ゴマノハエにされたかと、桃太郎侍は苦笑したが、

「新兵衛、裏切り者の面皮をはぐくふうを思いついたぞ」

澄んだ目をキラリと輝かした。

「また敵の裏をかくのだ。その辺で行列を止めて、このたびはカゴで堂々と川崎を通る。半九郎がどんな細工をするか、見ものだ」

「ハッ」

どこまで大胆なのか、この場になってもおうように笑っている若殿の顔を見上げて、新兵衛はいささかあきれている。

(どうしたんだろう)

すぐ帰るといった桃太郎侍が、なかなか帰って来ない。出て行ってからもう小半刻《こはんとき》(一時間)近くもなるのだ。

「ねえさん、あたしちょっと、そこらへ出て来ますがね、もし留守へ連れの者がかえって来たら——知っているでしょう、あの目の悪い人」

小鈴は立ち上がりながら茶屋の女にいった。

「はい、だんなさまでございますね」

「ええ。もし帰って来たら、待っているように、そういってください」

「かしこまりました。おそうございますね、どうしたんでございましょう」

小女が同情するような口をきく。いらいらして待ちかねているのを知っていたのだろう。

「お願いしますよ」

小鈴は柄にもなくちょっとおもはゆい気がして、急いで裏口から外へ出てみた。小庭を通り抜けると枯れススキの堤で、すでに八つ下がり（三時）、六郷川を渡って来る秋風がサワサワと、冷たくおくれ毛を吹きすぎて行く。

（河原へでも降りたのかしら）

もしやそれらしい声でもと耳を澄ましながら、小道をたどって堤をおりて、道なりに歩いて行くと、気のせいかところどころに人の足跡があるような、――いつの間にか二、三丁。

ギョッとして立ち止まった。枯れアシの間から、向こうのあき地にだれか倒れている人かげが黒々と目についたのだ。

「アッ！」

小走りに駆けて行って、思わず足がすくんでしまった。ふたり、三人、四人、抜刀したまま斬られて死んでいる。

「桃さん！――桃さん！」

ひょっとして、この中の死骸《しがい》の一つがあの人だったら！――なんども、なんども目で追ってみた。それらしい姿はない。やっと半ば安心してこわごわひとりひとりの顔を見て行くと、確かにさっき表口からいちばん先に出たはずの浪人者三人と、ひとりは意外にも桃太郎侍を連れ出した大滝鉄心斎だ。

（あの人はどうなったろう）

なんかの行き違いで、けんかになったのだ。それに違いないとすると、四人を相手にしてあの人も無事ではいないかもしれぬ。どこか傷ついて、その辺に倒れているのではあるまいか。

「桃さあん！――あなたあッ！」

小鈴は狂気のように、あたりの枯れアシをかき分けながら、駆けまわった。

いない！　どこにもいない！

半分泣きながら、もとのところへ引き返して来ると、ぬっとそこに旅姿の浪人者がひとり、惨たる死骸を見まわして立っていた。三十二、三、目の鋭い、これも一癖ありそうな男である。

「小鈴さんですな！」

こっちの顔を見るなり、その男がむっつりというのだ。

「どなた？　あなたは！」

自分の名を知っている男、小鈴はハッと蒼白の目をみはった。

「伊賀半九郎の使いの者です」

「伊賀さん――?」

小鈴の頭にたちまちひらめいたものがある。桃さんはここで、大滝らに一味するようにとしいられた。それを断わって斬り合いになる。四人までは斬ったが、ついに組み伏せられて伊賀半九郎のところへ運ばれたのではあるまいか?

「桃さんはどこにいるんです。あなたはそれを知っていますね」

小鈴はいきなり高飛車に出た。

「そのことについて、伊賀から師匠に話したいことがあるそうです。拙者は高垣勘兵衛《たかがきかんべえ》という者、お供しましょう」

「じゃ、伊賀さんはあの人を縛って行ったんですか」

こうなると気の強い小鈴である。

「拙者は、ただ師匠を案内するようにといいつけられただけで、ほかのことを口にする自由を許されていません」

高垣勘兵衛と名のる男は、ニコリともしないのだ。冷たいぶあいそうな顔である。

「ようござんす。行きましょう」

だれがおまえなんかにきいてやるもんかと、小鈴はいじになった。半九郎にきけばわかることである。そのことについて話があるという以上は、桃さんはまだ生きているのだ。あるいは縛られて行ったのかもしれない。一度敵にまわると、どんなまねでもしかねない半九郎である。

(畜生、もしあの人をそんなめにあわせていたら伊賀さんだって承知するもんか。覚えておいで、小鈴はカミソリという肩書きがあるんだよ)

憤怒《ふんぬ》に狂って、小鈴は急に野性を呼びさまされたのだ。

「どこにいるの、伊賀さんは」

「川崎の宿」

むっつりと答えて、勘兵衛が先に立った。これも奥底の知れない無気味な男である。

それっきりひと言も口をきかず、堤の上へ出ると、そこから見渡せる六郷の渡しを、ちょうど若殿の行列が船に乗って、中流へ出たのが、絵のように見えた。

(ふん、あんなバカ殿ひとりをやっつけるのに、大の男が幾人もかかって、なんてだらしがないんだろう。あたしならカミソリ一丁ありゃ、ひとりでも片づけてみせる)

る。

小鈴はこらの中でタンカをきっていた。何もかもしゃくにさわってたまらないのである。

（かわいそうに桃さん、待っててくださいよ。無理してまた目が痛みだすんじゃないかしら）

その憤怒の底からいとしい男の顔がチラッと浮きあがる。いっそこの川を飛び越して駆けて行きたいような恋しさ、もどかしさ！

見ているうちに、行列はやがて向こう岸へついて、カゴが船から上がった。やや傾いた秋の日が、キラキラと川波に散っている。

こうして、――小鈴より一足先に六郷を渡った行列は、川崎の宿へ進んでいった。

なにごとかあるべきはずの川崎、――が、無事に通過して、川崎から神奈川《かながわ》まで二里半、若殿国入りの第一日の旅程はここで終わる予定になっている。日本橋からかぞえれば七里の道だ。

秋の日の暮れやすく、途中で半刻ほど予定外の休息をとった行列は生麦《なまむぎ》へかかるころからたそがれて――この分なら、どうやら無事に本陣へつけそうだと思った宿場に近いマツ並み木、夕やみに風渡るササむらかげへさしかかった時、ダーン！

不意に右手の小高いヤブかげから一発。アッ！　という間に、つづいて左手の深いササヤブの中からも同時に若殿のカゴをねらって、

ダーン！

「ウウム」

たしかに、カゴの中から絶叫がもれた。

「くせ者だッ！」

「それッ、おのおの！」

バラバラッと身をもってカゴを取り囲む家来たち、くせ者を追って逆襲に出るかと思いのほか、ただ一団となって一散に駆けだしたのだ。

銃声もその二発かぎり、別にあとから襲撃する様子はなく、

「フフフ、ただ逃げる一手か。さすがに考えたものだな。ここでけんかをすると全滅になる」

のっそり右手のヤブから街道へ出た伊賀半九郎が、夕やみのかなたへ走り去る行列を見送りながら冷笑した。

である。

左手のササヤブから出て来たのは、いつの間にかけつけていたか、例の高垣勘兵衛で

「どうだった、伊賀」

「手ごたえはあった。たしかに絶命している」

「そりゃよかった。おれのは少し天井へそれたかもしれぬ」

「そうか。きさまでも失敗することがあるかな。じょうずの手から水が漏れる口か」

かえって半九郎は上きげんである。

事実、生麦の狙撃《そげき》は、一発は天井へそれていたが、一発は背から胸へ斜めに命中して、神奈川の本陣へついた時には、すでにカゴの主は絶命していた。

が、むろん絶命したのは若殿ではない。

六郷の渡しへかかろうとして、一時休息所へ行列を止めさせた桃太郎侍は、急にここからカゴで行くといいだした。はたして、すぐ裏切り者に手紙を託された小者が、ひそかに休息所を出たのである。途中で見張っていた上島新兵衛がそれを捕えて、金で様子を聞きだし、手紙はそのまま伊賀半九郎のもとへ届けさせた。

その小者の口から、裏切り者は進藤儀十郎とわかった。かねて桃太郎侍があやしいと

にらんでいた男である。——一度小鈴にうばわれた国もとからの密書が、無事に伊織の手に届いたのは、脅迫されたか、買収されたか、必ず半九郎の手が働いていると見ていたのである。

が、人選された供回りの中から裏切り者が出たとなると、味方に疑心暗鬼を起こさせるおそれがある。休息所出立のまぎわに、

「神奈川の宿まで若殿の身代わりをつとめるように」

不意にこういいふくめて、進藤をカゴにのせ、桃太郎侍は上島新兵衛の小者となって行列のいちばんうしろについていたのだ。

「やはり、天のさばきでございますな」

本陣の奥の間へ落ち着いた時、口数の少ない新兵衛がモソリといった。

「天意か、人意か、とにかく、悪人は悪人の手にかかった。——しかし、飛び道具とはぶっそうなものをもち出したな。江戸を離れると、思いきったことをいたす」

若殿の身代わりと聞いて、一瞬色を失った進藤の顔を思い浮かべながら、桃太郎侍は放心したような目を、明るいあんどんにむける。ひとりの悪人のために、まだこれから、いくつかの人命を失わなければならぬと思うと、やはり気が重いのだ。——悪は悪

を語らう。が、語らわれた悪は、決して悪心のみを持ち合わせた人間ではあるまい。善に語らわれれば、善にもなりうるのだ。それが悪に語らわれたのは、心がけとはいえ、一つは不幸なその人間の運、進藤なども、そのひとりだったにちがいない。

「申し上げます」

小だるまの杉田助之進が興奮しながら、それへ両手をついた。丸い目玉をギラギラさせている。

「どうした、助之進」

「ハッ。けしからんやつ！　伊賀半九郎めが、ぬけぬけと、ごきげん伺いにまかり出たそうでございます」

なるほど、これは興奮するわけだ。自分が狙撃《そげき》した若殿の生死を確かめに出むいたのだろう。大胆といおうか、不敵といおうか、これこそ人を人とも思わぬ悪玉である。

「ほう、半九郎のいたしそうなことだな」

「若殿、てまえに討っ手を仰せつけてください」

短気な小だるまは、食いつかんばかりの形相だ。

「なかなかその手には乗るまい」

「いや、刺し違えてもてまえ、必ずしとめます」

「まあ、急ぐには及ばぬ。せっかくの好意じゃ、新兵衛、そち案内してつかわせ」

助之進では何をやりだすかわからぬと見たのだ。

「若殿、それはちとご油断のようにも――」

「大事ない。そちたちのように、そう今からビクビクしていては、これからどうして国もとへ乗り込む」

「ハッ」

一言もなかった。国もとは悪人の本拠だ、あえてその危険を冒そうとする若殿なのである。居間には小だるまの助之進、のっぽの虎之助、国もとの橋本五郎太が、いずれも身をもって若殿を守る覚悟だから妙に気色ばんでつめかける。

「ハハハ、一同、そう力むな、半九郎にわらわれるぞ」

桃太郎侍はおうようにわらっていた。

意外にも、若殿が目通りを許すというのである。上島新兵衛のうしろから廊下をいく曲がりかして行きながら――はてなと、伊賀半九郎は自問自答していた。

夕方の狙撃は失敗に帰したのだろうか？　そんなはずはない、たしかに手ごたえがあったのだ。カゴから絶叫の漏れるのを耳にしたような気さえしている。

が、会うというからには、生きているのだ。カゴの主は替え玉だったのか？　それとも、案外軽傷で若殿らしい負け惜しみ、その傷を押して会って、こっちをおどろかそうというはらか、とにかく生きているとは意外である。

「ご前でござる」

新兵衛に声をかけられて、半九郎はハッとそこへ平伏した。

「伊賀半九郎、まかり出ましてございます」

声と同時に、目の前のふすまが左右に開いた。正面の若殿の白い顔が微笑をふくんで、じっとこっちを見ている。近習たちの目が、これは敵意に燃えて、にらみつけているのだ。

「旅中ゆえ、略儀ご無礼の段、いくえにもおわびつかまつります」

ことばだけはいんぎんだが、半九郎は例のつらだましい、近習たちなどものの数とも思っていない。

「旅中はたがいじゃ。許す、近く進め」

「ハッ」

「そこでは話が遠い、遠慮いたすな。――つごうが悪ければ、人ばらいをしてつかわそうか」

家来たちがこわければ、といわぬばかりなのである。

「どうつかまつりまして。――ごめん」

それと気がつくと半九郎はいじになって、近習たちがはっと顔色をかえたほど、スルスルと膝行《しっこう》した。

「若殿には道中つつがなく、ごきげんの体にはいし、半九郎恐悦にぞんじます」

ジロジロとぶしつけに若殿の顔を見あげる。傷を押しかくしているなら、どこかに、そのけはいがあらわれるはずだ。

「半九郎、きげんうかがいか？」

「ハッ」

「この夜中わざわざ大儀である。――見るとおりわしはしごく元気じゃ。もっとも、夕景、宿はずれのマツ並み木あたりで、花火がわりのあいきょう者が二発、カゴへ飛びこんで来た」

若殿の目がいたずらそうに笑っている。

「ほう、何者のしゃれでございましょうか。心憎いおなぐさみを差しあげたものでございますな。して、別におケガは？」

「それが、未熟者ではまぐれ当たりということもあろうが、さすがは達人のしゃれ、ちゃんとからだだけはよけてあった」

「それはそれは、けっこうな旅のうさ晴らし」

「そちは江戸の用が片づいたのか？」

「は、片づきましたような、片づきませぬような」

「そうか。それはちと、うっとうしかろうな」

いささか受け太刀の半九郎、

「おことばではございますが、どうせ近いうちには片のつきますこと、まあ、ご用の残っていますが間が、人間の生きがいとでも申しましょうか」

挑戦《ちょうせん》するように不敵の胸をはって見せた。

「そう申せば、そのほう、このたびの道中には両国矢の倉の大滝鉄心斎とか申す剣客とみちづれだそうだな」

「――？」

「あれには惜しいかな剣難の相がある。注意してつかわすがよいぞ」

「ハッ」

　さすがの半九郎が思わず絶句した。鉄心斎は六郷の渡しで、他の三人の浪人者とともに桃太郎侍に斬られている。品川の宿から小鈴のあとをつけさせておいた高垣勘兵衛が、ちゃんと見とどけて来たというのだから、まちがいはない――その斬られたのを、すでに知っているらしい若殿の口ぶりなのだ。

　この勝負、どう見ても勝ちみがない。負けとわかったら、いさぎよく引き下がるにかぎると、半九郎は早くも度胸をきめた。

「ご懇切なるおことばをいただき、恐れ入りましてございます。若君にも今後のご道中、じゅうぶんお気をつけなさいますように」

「もう帰るか」

「ハッ。お疲れのところ長座もいかが、改めてまた、ごきげんうかがいにまかり出ることもございましょうから」

「そうか。今宵《こよい》は見送りにも及ばんようだな。そちはたのもしい味方を懐中しているようだ」

まさに、とどめの一本である。が、半九郎は少しも悪びれない。

「御意、オランダ渡りのあいきょう者、いずれおなぐさみまでにお目にかけることもございましょう」

バカ丁寧におじぎをして、ゆうゆうとたちあがった。近習たちなど、てんで眼中にない、ごうぜんたる態度である。

が、人一倍奸知《かんち》の働く半九郎、その近習の中に進藤儀十郎のいないのを見て、これはただごとでないと感じていた。無事でいれば、たとえ席にいなくても、必ず顔を見せるはずだし、――だいいち、自分がここへ乗り込む前に様子を知らせてよこさなければならない男なのである。

もう一つ、意外にも若殿が大滝鉄心斎の斬られたことを知っている。斬った桃太郎侍の口から耳にはいったとみるべきではないだろうか。つまり、桃太郎侍を若殿方の一味と見るのだ。

(そう見てこそ、桃太郎侍が偶然に若殿の行列と、日も時刻もおなじく江戸を立ったと

いうことがうなずける）
　もう一歩進めれば、きょう品川の宿から六郷までひとりで先行したという若殿の護衛役こそ、桃太郎侍であったに違いない。
　そこまでは考えてみた半九郎も、さすがにまだその若殿と桃太郎侍が一つ人間であるとは思い及ばなかった。

　半九郎が宿はずれに近い旅宿に引き揚げて来ると――一足おくれて川崎からついた小鈴が、高垣勘兵衛と一つへやににらめっこをしていた。口数の少ない勘兵衛は、むっつりと杯をなめている。

「伊賀さん、桃さんはどこにいるんです？」

　いきなり小鈴は、くってかかるように詰め寄った。いちずに半九郎が大事な男を捕虜にしていると思いこんでいるのだから、すっかりおかんむりをまげている。まだ旅装さえ解いていないのだ。

「あねご、だまされたな」

　半九郎はちらっと笑いながら座について、

「おい、われわれもいっぱい食わされたぞ」

と、勘兵衛に話しかけた。

「――？」

「カゴの中は身代わりが乗っていたらしい。若殿は至極ごきげんうるわしくいらせられおった」

勘兵衛は別に顔色一つ動かさぬ。

「だれにあたしがだまされたんです？」

小鈴はそれどころでない。

「だれにって。――あねごはたしか、役目をはたして長崎へ行くという伝言をよこしたはずだな。その桃さんはちゃんと本陣の行列の中にいるぞ」

「そんなはずはありません」

「ないといっても、いるんだからしかたがない」

「いいえ、伊賀さんはけさもあの人が行列へ加わって、国入りをするっていいましたけれど、――あの人は初めっから、そんな気持ちは少しもないんです。あの人はただ目をなおしたいばっかりに、長崎のオランダ医者のところへ行きたかったんです。それを大滝先生が、むりにひっぱり出して斬ってかかるなんて」

「まあ、そうひとりでおこらずに、拙者のいうことも聞くものだ」

半九郎は冷静な顔に苦笑をうかべるのであった。

「おこりますとも。あたしはほんとうにおこってるんです」

小鈴はほんとうに目をつりあげていた。顔ばかりでなく、からだじゅうでおこっているのである。それは娘などには見られない野性的な、いきいきとした美しさであった。

「だれをおこってるんだ、あねご」

半九郎はそのいじの強さをひそかにたのしんでいる。そばで、勘兵衛が黙々とひとりで杯を運んでいた。

「あの人をいじめる人をです」

「ハハハハハ、あねごの目から見ると、桃さんもまるで子どもあつかいだな。その子どもの桃さんが、大滝をはじめ一流の達人を四人まで一度に斬ったのだからものすごい」

「そりゃ大滝さんたちが悪いからです。あの人にはなんの罪もありません。いやがる病人をむりにひっぱり出して」

「まあ聞けよ。よい悪いは別にして、大滝などを斬った桃さんは、こっちの襲撃が変更されたのを知った桃さんは、すぐに若殿を、こんどは急にカゴへ乗せることにした。

――つまり、桃さんは品川の宿から微行される若殿の護衛役としてついているところを、あねごに見つけられたのだ。途中あねごとの間にどんな話があったか知らぬが、ちゃんと自分の役目を果たして、今本陣にいる。それでなければ、今夜の若殿が大滝の斬られたことなど知っているはずはない。だいいち、六郷から急に若殿がカゴへ乗ることになったのは、桃さんを通じてこっちの計画が知れたと見るよりほかに考えようがないのだ。――あねごはどう考えようとかってだが、拙者はそう見る。うそだと思ったら、あしたの朝、もう一度よく行列を見るがいい」

「そんなバカなことありません。ちゃんと堅い約束までしたあの人が、あたしをだましていたなんて――」

「信じないというなら、信じないでもいい。ただひと言いっておくが、われわれにとっては桃さんはいよいよ敵方にまわったことになる。しかも、味方を四人まで斬っているのだ」

伊賀半九郎の強い目がキラリと光った。

「いいか、あねご、われわれは敵味方になったのだ。だが、その男はほかならぬあねごのたいせつな男だという。もう一度だけ、——もし、あねごの手でどうにかなるものなら、つまりこっちの味方になる、あるいはこの事件から全然手をひくか、どっちかに決まった確かな証拠を見せてくれたら、われわれは過去を問わぬことにしよう。こんどだけ、もう一度あねごに免じて約束をする」

こう強く出られては、さすがの小鈴も考えざるをえなかった。むろん、自分としてはあの人が自分を裏切って、敵方についているとは思えない。が、半九郎にはまた半九郎で、何か見るところがあるから、はっきりと敵と認めているのだろう。このうえ争ったところで、当人がここへ出て来ぬ以上は水掛け論だ。

それに、もう一つは、あの人は半九郎がいうとおり敵方についているか、あるいは半九郎の手で捕虜にされているか、二つに一つ、ほかへは自分の目のとどかぬところへ、どこへも行く理由がないのである。

「ようござんす、あたしは女の一念で、どこにいたって、きっとあの人はさがしだします。もし、あの人がほんとうに行列の中にいたら、——あたしは、あたしは、あの人を刺して、あたしも死んで見せます」

小鈴もいじになってしまった。命をかけてほれた男、その男が万一自分をだましているようなことをしているなら、もう生かしてはおかない。自分も生きてはいない。

「伊賀、いっそ火薬をしかけて、あの行列をひとり残らず吹き飛ばしてしまってはいかんのか」

ぽつりと勘兵衛が大変なことをいいだした。この男はまるでふたりの話など耳に入れていなかったらしい。

宇都谷峠《うつのやとうげ》

翌朝、神奈川の宿はずれ、よしず張りの掛け茶屋に陣取っている伊賀半九郎のもとへ、

「行列は今、本陣を立ちました」

見張りの者がこう報告して来たのは、すでに四つ（十時）に近かった。

「ゆうゆうたるものだな」

ひとり言のようにつぶやいたのは、昨夜地雷火をかけろと、むてっぽうな提議をもちだして半九郎を苦笑させた高垣勘兵衛である。この男はひさしく長崎に遊んで南蛮流の火術を研究してきた達人だが、――いかに半九郎が乱暴でも、地雷火は困るのだ。そんなおおげさなものを用いて道中を騒がせては、たとえ若殿はなきものにできても、かんじんの若木家十万石に傷がつく。策の上々なるものは、少しも世間に漏れぬように若殿

を葬るにあるので、そこに半九郎の苦心があるのだ。

「あねご、よく首実検を頼むぞ」

半九郎は小鈴をふり返ってわらった。

「――――」

そんなはずはないと思っても、さすがに小鈴は気が気ではない。それは半九郎の復《ふく》讐《しゅう》がこわいのではなく、もし自分が裏切られていたらどうしようと思うのである。なにかのつごうで、半九郎が捕虜にしておきながら自分には隠しておく、たとえば、ぜひ自分でなければならない仕事があって、いざという時の交換条件にする。それまで自分をひっぱっておくための口実――そう考えられないこともないのだ。そのくらいの策謀はしかねない半九郎である。

今となっては、むしろそのほうがいい。それならそれで、いつかはとりかえせる希望が持てるが、万一けさの行列の中にあの人の顔があったとしたら、――あんなにきのう真実らしく自分と約束しておきながら、それがうそだったとしたら、あの人は初めから自分といっしょになりたくない心と見なければならないのだ。女のいじとしても、生かしてはおけない。

あの人を殺して、自分も死ぬ。なんという悲しい因果だろう。小鈴はゆうべ一晩じゅう、おちおちと眠れなかったのだ。――その行列が、今目の前を通るのだという。

(どうか、そんなことのありませんように)

祈らずにはいられなかった。激しい動気を感じて、われにもなく帯の間からじっと胸を押えている。

きょうも旅には好つごうの上天気であった。

やがて、行列の先頭が掛け茶屋の前へかかって来た。供の侍は一様に笠《かさ》をかむって、微行だから人数は多くない。小者や人足を加えても三十人たらず、カゴを囲むようにして、さっさと足早に通り過ぎて行く。

(いない！)

よしず張りのすきまから、必死に息を殺して見つめていた小鈴は、全身の力が一度にぬけたようにほっとした。――一様に笠をかむっていたとはいえ、背格好、歩き癖まで知りつくしている恋しい男、しかも肩書きの手前にかけても、めったに狂ったことのない目で、二度も三度もひとりひとり見直したのだ。

急に汗ばむほど、小鈴はうれしさに、からだじゅうの血が燃えて来た。

「どうだった、あねご？」

半九郎が緊張した顔を向ける。これはただならぬ目の色だ。

「やっぱり、あたしが思ったとおりです」

「いなかった、そうだろう？」

「――！」

小鈴が、勝ち誇ったようにうなずいて見せると、

「そうか、畜生！――勘兵衛、まただしぬかれたぞ」

持って行き場のない憤怒に、みるみる半九郎の額に青筋があらわれた。しばいではないらしい様子である。

「だしぬかれた？」

高垣勘兵衛は不思議そうである。

「行列の人数が三人足らぬ。思いきったことの好きなやつだ」

半九郎は吐き出すようにいった。

「じゃ、また先行したとでもいうのか！」

「うむ。しかも、ゆうべだ」

「しかし、ちゃんと見張りがついていたんだろう、本陣の裏表に」

「むろん、つけておいた。が、それはおれが旅籠《はたご》へかえってから、万一と思って出したので、やつらはおれが表口から出ると同時に裏口から出たに違いない」

「そう思わせておいて、あとからという手もあるぞ」

「いや絶対にゆうべだ。あとからなら、行列があんなにけさ、ゆっくりたつはずがない。だいいち、露見した場合かえって不利を招くおそれがある。——あねご、すごいのにすごいのが一味したものだな」

「おや。じゃ、伊賀さんはまだあの人を疑っているんですか？」

小鈴がおこったように目にかどをたてた。

「疑っているんじゃない、事実だ。こんな離れわざが、宮仕えになれた腰抜け侍などに思いつくものか。たとえ思いついたって、実行はできない。自分の身があぶないからな。身の軽い素浪人でなければやれる芸当ではない」

「あねご、ゆうべの約束は約束として、こうなってはあねごのほうが手おくれになると、万やむをえない仕儀になるかもしれん、その覚悟でいてくれ」

早く桃太郎侍を引き抜け、そうでないと斬るかもしれないという意味なのだ。半九郎はほんとうに腹を立てているらしい。

（斬らせてはならない）

そういわれると、やっぱり心配になって来る小鈴だった。事実、にせ若殿の桃太郎侍は、そのころ、行列は上島新兵衛に任せ、小ダルマの杉田助之進、のっぽの大西虎之助、国もとの橋本五郎太を供にして、神奈川から六里あまり平塚のあたりを道中カゴに揺られていた。

「それはちと、どうも無謀――」

新兵衛がしきりに心配して止めたが、一日でも半日でも、先へ先へと出れば、悪党どものこうるさい小策も及ぶまいと、若殿は断然敵の意表に出て、半九郎が去るやいなや、ひそかに本陣を出発したのである。

夜どおし歩いて、藤沢で朝食をとり、ここから小田原まで九里、カゴを乗りついで睡眠をとっておいて、その日のうちに箱根の関所を越えたい考えである。小田原から箱根までは四里八丁、関のとびらは明け六つ（六時）に開いて、暮れ六つにはしまる。これさえ越してしまえば、たとえ敵が気づいたとしても、その夜は追い越される心配なく箱根でゆっくり眠れるのだ。

翌日は吉原泊まり、その翌々日には宇都谷峠《うつのやとうげ》を前にひかえた鞠子《まりこ》の宿へはいった。

江戸から四十六里、京へは七十九里の道程である。

「どう少なく見積もっても、一日は早くなっているはずと思うが」

旗本相沢頼母主従と偽名して宿についた桃太郎侍は、奥の間にくつろいで、いささか得意であった。

「はっ、行列よりは二日先行しているでございましょう。しかし、若殿のご健脚には驚き入っております」

小ダルマの助之進が感心する。一同意外な強行に多少参っているのだ。

「いや、わしも疲労はしておる。無理な旅、そちたちにも苦労をかけるな」

若殿はねぎらうことを忘れなかった。

そこへ宿の女中が思いもかけない取り次ぎに来たのである。

「ごめんくださいませ」

次の間のふすま越しに宿の女中の声がした。

「おお」

気軽な小ダルマがすぐに立って行った。ちょうど夜食が終わって、連日の無理な旅、こよいは早寝にしようと相談していた時である。

「何か用か？」

「はい。ただいま玄関へ旅の女のかたがお着きになりまして、――お供のかたの中に、たしか桃太郎様というおかたがおいでのはず、ちょっとお目にかかりたいと申しておりますが」

「――――」

にせ若殿の桃太郎侍はギクリとした。桃太郎といって尋ねて来るからには、小鈴よりほかにないのである。

「桃太郎――？　そんな者はおらんぞ。鬼ガ島へでも行って聞いてみろといってやれ」

小ダルマの冗談にして笑う声がした。

「その女のかたもそう申しました。ことによると、お名をお隠しになっているかもしれないから、もしいないとおっしゃったら、神島百合が父の申しつけで尋ねてまいりした。お供のかた、どなたにてもお目にかかりたいと取り次いでくれと――」

「神島百合――？」

「はい、二十一。二のそれはお美しいかたでございます」

「ちょっと待て」

小ダルマが意外そうな顔をして引き返して来た。

「若殿、伊織殿の娘百合が尋ねてまいったそうでございますが」

「うむ」

桃太郎侍はうなずきながら——百合が来るはずはない。やっぱり小鈴だ。百合といえば、だれかが会うだろう、会ったうえで桃太郎侍の様子が聞きたいのだと、早くも推察はついた。

むろん、桃太郎侍の存在など知らぬ助之進か虎之助に会わせれば、とりつく島のない小鈴である。が、小鈴の背後には必ず伊賀半九郎がいる。一日はたしかにだし抜いていると思った半九郎だが、小鈴がここへ来る以上、もう身近に迫ったと見なければならないのだ。

「百合殿がどうして、われわれの先行を知ったのでございましょう」

小ダルマはいかにも不思議そうだ。

「それは行列に追いついて新兵衛に聞けばすぐわかることだが。おそらく、百合ではあるまい」

「と、申しますと？」

「半九郎の回し者であろう」

「すると、半九郎がもう若殿のご先行を見抜いたと仰せられるのですか？」

「どうも、そう思われるな」

「憎いやつ。しからば、その女ギツネめをひっ捕えて一責めつかまつりましょうか」

「いや、待て。わしに少しく考えがある。とにかく、百合として目通り申しつけてみよう。知らぬ顔をして、そち案内してみよ」

結果はどうなるか、半九郎のはらを知るにはどうしても会っておいたほうがいいと、桃太郎侍は覚悟したのだ。

「はっ」

助之進は女中といっしょに出て行った。

ここでにせ若殿がばくろするようなら、また考えようもある。それにしても、いきなり目のなおっている自分を見て、もし小鈴だったらどんな顔をするか、――もう一つ、橋本五郎太は小鈴を知っているはずだ。天王橋で進藤といっしょに小鈴をつかまえているところへ、自分が飛び出して、たしかその時はじめて桃太郎侍と名のっている。いわば腹背に敵をうけた危険に身をさらすようなもの。だが、あえてその危険に身をおいて大しばいを打たなければならないのだと思うと、桃太郎侍もおのずと身内の引き締まるのを覚えた。

次の間に女らしいきぬずれの音がしたと思うと、やがて小ダルマの助之進が静かにふすまをあけた。

「若殿、神島伊織娘百合、まかり出ましてございます」

見ると、白々とあだっぽいえりあしを見せた小鈴が神妙に平伏している。だれが見ても大家の武家娘とは思えない伝法な装いだ。それでも当人は若殿がじきじき会うと聞かされて、せいぜいつつしんでいるのだろう、そろえた両手の上へ、額をつけんばかり、まだ顔を上げようともしない。

「旅先である、遠慮なく進むがよい」

「はい」

「おことばでござる、お進みなさい」

助之進が口を添えたので、小鈴はおずおずと少し顔をあげて、上目使いに、はじめてそっと若殿を見上げた。

「アッ」

びっくりしたらしい。涼しい、目に鈴を張って、まじまじとみつめたが、その目に疑惑の色がおおうべくもなく、ハッと思わず面を伏せてしまった。

「いかがいたした。なにも恐れることはない。ずっと進め」

おうように笑っている若殿ぶり、サルの伊之助でさえ、そのおのずと備わる気品にうたれてめんくらったのだ。まして、目をわずらっているとばかり思いこんでいる小鈴に、これがすぐ桃太郎侍とうなずけるはずはない。

「は、はい」

どぎまぎしながら膝行《しっこう》する。

「――――?」

橋本五郎太はと見ると、これは天王橋の小鈴を見忘れるはずはなく、意外な女の出現にあっけにとられている顔だ。のっぽの虎之助、小ダルマの助之進は、百合などといっわって御前へ出た女、あやしいやつと思うから、油断なく小鈴の一挙一動に目を配っている。

「そちたちはしばらく遠慮いたせ」

小鈴の当惑している様子を見て、若殿は左右に命じた。この三人の見ている前では、桃太郎侍も仮面をぬぐわけにはいかないのだ。

「若殿――！」

女とあなどってはなりませぬと、いいたいのだろう。小ダルマがきっと大きな目を向けた。

「いや、伊織からの使者、なんぞ子細があろう。百合は申しかねているようである。――さがっていよ」

「はっ」

「そのふすまは、しめるに及ばぬ」

立ち聞きされてはつごうが悪いからいいつけた。三人はかしこまって、へやの外へさがって行く。

「百合、そこでは話が遠い。ずっと進め」

「はい」

半信半疑の小鈴はおそるおそるひざを進めて、もう一度そっと若殿の顔を見上げた。

「そちは百合ではないな」

若殿の顔が急に引き締まって、きっとその目を見返す。

「はい」

小鈴にはやっぱり見つめきれなかった。まぶしそうに顔を伏せる。

「何の用があって、これへまいった、申してみよ」

「尋ねる人がございまして」

「そちはわしの顔を見て驚いたようだが、その尋ねる人にでも似ているか？」

「は、はい」

「遠慮なく面をあげよ。尋ねる人とは、だれのことか」

「――――」

小鈴は覚悟をきめたように顔を上げた。声といい、顔といい、どうしてもあの人としか思えないのだが、――これが若木家十万石、江戸の若殿だという。そういわれれば他人のそら似ということがあるし、おかすべからざる威厳も感じられるのだ。

広々としたふたりきりの座敷の灯かげに、じっと見かわした顔、――相手が身分違いの若殿だけに、さすがの小鈴も、うかつな口がきけないのである。

もうこの辺でよかろうと桃太郎侍は思った。

「そちは代地の小鈴だな」

小声にいって、わずかにわらって見せた。

「あ、やっぱり、やっぱり桃さん？」

その顔に、語気に、小鈴は命を削るほど求めに求めていた恋しい男をはっきり感じた。目がなおっている不思議などは通り越している。かっとからだじゅうの血が燃えあがって、前後もなくすがりつこうとしたが、

「控えよ！　わしは若木家の若殿」

桃太郎侍は静かに制した。

「そちの尋ねる桃太郎は当分神隠しにされておる。わしは若殿として、そちに聞きたいことがあるし、いわねばならぬこともあるので、目通り申しつけた。今は家来どもにさえ知らしてはならぬわしの身分だ」

さとすような男のことばである。

「いやです。あたしまで、あたしまでだますなんて、くやしい。あたしは、もしだまされていたら、桃さんを殺して、自分も死ぬつもりで、今夜ここへ来たんです」

小鈴のいっぱいに恨みのこもった目から、ポロポロと涙がこぼれ落ちた。やっぱり裏

切られていたくやしさ！――が、それにしてもこの人が若殿になっていようとは、あまりにも意外であった。口では殺すといっても、何か殺す以上の重大さを感じないではいられない。

「そうか。では、しかたあるまい。わしは桃太郎ではないのだ。そちも百合としておとなしく引き取ってくれ。家来どもにもそう申しつけてつかわそう」

若殿は脇息《きょうそく》にもたれて、冷静な顔になった。――男のそんな冷たい顔を見るのはいやだ。つらい。悲しいが、小鈴にも女のいじがある。

「ようござんす。帰れとおっしゃるなら帰ります。そのかわり、あたしを無事に帰すとどんなことになるか。――あたしは敵の女なんですよ」

「承知して目通り許したのだ。さしつかえない」

「じゃ、あれはにせ若殿だといいふらしてもいいんですね」

「悪いと、ここで、わしが力んでもいたしかたあるまい」

「お手討ちにしてしまえばいいじゃありませんか。あなたは若殿様だもの」

「若殿は寛仁大度、伊賀半九郎とは違う。そんなひきょうはせぬ」

「まあ、おりっぱな若様ですこと。そんな男らしい若様が、なんだってあたしのような女をだましたんです。それでもひきょうじゃないんですか」

「誤解してはいかんぞ。わしは若木家の若殿、そちをだますはずはないではないか」

りんとしてみつめている顔、なるほど、どこから見ても非の打ちどころのない若殿である。――奸知《かんち》ながら手腕度胸、あのすごいまできれる半九郎が舌をまいていたが、この人なら別に不思議はないのだ。そう思うと女心の、根がほれきっている男だけに、もうかなわなかった。

「お願い、――ね、桃さん、なぜひと言このあたしにうち明けてくれられないの。そんな、そんな他人行儀な」

つい、ぐちが出る。小鈴はひっそりとうなだれて、われにもなく涙声になっていた。

「ほう。そちはもっと苦労している女と思っていたが、案外たあいがないな。わしはまだ話したいことも、ききたいことも口にはしておらぬ」

「――?」

「真偽の詮議だてなら、改めて聞かずとも、そちはもうちゃんと知っているではないか。まるで子どものようなことを申して、そちはひとりで騒いですねているのだ」

要するに、桃太郎侍としては話ができぬという。そういえば先刻の家来たちは、みんな若殿として信じきっているように見た。そんなことがありうるのだろうか？——小鈴は新しい好奇心を感ぜずにはいられなかった。

「だれがあたしをこんな子どもみたいにしてしまったか知ってますか、若殿」

小鈴はつんと、すねたような目を上げた。

「——」

若殿は答えない。が、その目が親しみ深くわらっているのである。

「若様のことを、あたしのように知っているのは、だれとだれ？」

「だれも知らぬ」

「うそ。あの百合とかいう娘に頼まれたのでしょう。若殿はあのひとが好きなんでしょう？」

「——」

「好きでなければ、だれがこんなあぶない仕事、引き受けるもんですか。——憎らしい！　あたしは負けたんです、きらわれたんです」

むろん、きらいな女なら、しかも敵方に回っている危険な女に、口でこそいわないまでも、平気で素性を明かして、命の綱を預けるも同じようなまねをするはずはない。それは小鈴にもわかっている。わかってはいるが、百合のことを考えると、やっぱりムラムラッと嫉妬《しっ》の炎が燃えあがるのだ。

「そちは桃太郎侍とかいう者にだまされているより――」

きりのない小鈴の恋慕狂いを押えるように、若殿はゆっくりと口をきった。

「むしろ、伊賀半九郎にだまされているらしいな。桃太郎侍が六郷川で大滝らを斬ったことを、そちは存じているか」

「知っています。あんなことさえなければ、あたしはあの人と死んだって別れ別れにはなりはしなかったんです。――もっとも、あの人は別れたがっていたかもしれませんけど」

せいいっぱいの恨みが目にこもる。

「まあ聞くがよい。――伊賀半九郎は若殿を敵にすればとて、何の関係もない桃太郎侍を斬る必要はないはずだと思う。それを、あの夜そちがお化け長屋へ二度めに桃太郎侍を迎えに行く前に、半九郎は大滝一味にいいつけて桃太郎侍を襲撃させている。それがあるから大滝は六郷川でこれが桃太郎侍だとそちに紹介されると、河原《かわら》へ引き出してだまし討ちにしようとした。何のために。つまり、半九郎はそちの美貌《びぼう》を自分のものにしたいのだ。そちがどうも桃太郎侍のほうへ行きたがりすぎるので、桃太郎侍がじゃまになるのだ」

「――――」

意外な話である。が、何かそんなけはいを女の敏感さから感じさせられて、それとなく警戒していたこともあるので、面と向かっていわれると、小鈴は思わず顔があかくなった。

「もう一つ申してみよう」

若殿は人ごとのように、おっとりとこっちを見つめている。澄んだ目だ。小鈴はまぶしい。

「そちは若木家の事件から、手をひくと申したな。が、半九郎はそちを手放したくない。そちをこの道中へ引き出すには、桃太郎侍が行列に加わったというのがいちばんいい。それが偶然にも、品川でそちと桃太郎侍と出会うことになったのだが、半九郎は決して桃太郎侍が初めから行列に加わっているとは考えていない。だいいち、桃太郎侍などというものは、品川から六郷までのほかは、この道中に存在しないのだ。そこで、こよいもそちがここへ、その存在しない桃太郎侍をたずねて来たのは、おそらく、伊賀半九郎のさしずと思うが、――いったい、半九郎がそちになんといっているか、わしはそれが聞きたいのだ」

話が急所へ触れて来た。小鈴の返事一つで、若殿は覚悟しなければならないことがあるのである。

「いいえ、伊賀さんはちゃんと見当をつけたんです」

自分のことだけに、小鈴はつい、つりこまれてしまった。

「神奈川の本陣へごきげんうかがいに出た夜、――若様は六郷川で大滝さんたちが斬られたことを知っていた。斬った桃さんから聞かなければ知るはずがないのだから、品川から六郷までご微行の若様のお供をしたというのが桃さんに違いないというのです」

「ほう。それで――!」

若殿は顔色ひとつ動かさない。

「翌朝、神奈川の宿はずれで、行列を見張っていました。桃さんはいませんでしたけど、お供の人数が三人足りない。若様はまたきっと先行されたのだ。そんな大胆なことをすすめる者は桃さんよりほかにない。桃さんはきっと先行したお供の中にいるというのです」

「つまり、半九郎の当て推量なのだ」

「ええ。あたしにもう一度だけ桃さんに忠告しろ。そして、この事件から手をひくようなら許してやるけれど、ぐずぐずしていれば、あしたいっしょに峠で――」

ハッと小鈴はことばを切った。うっかり味方を裏切ろうとしているのである。

「いかがいたした」

若殿の桃太郎侍は何くわぬ顔をしている。

「若様には申し上げられません。桃さんじゃないんですもの。――いくらあたしがいやしい女でも、味方は裏切れないでしょう？」

が、それをいわなければかわいい男をみすみす死地へおとすのだ。小鈴は当惑してしまった。

「むりに申すには及ばぬ」

若殿はにっこりして、

「ただそちが、半九郎にだまされて道中へ連れだされたことがわかればよいのだ。半九郎は桃太郎侍という者を口実に使って、そちを国もとまでつれて行こうとしている」

「――」

聞かされてみると、それは小鈴にもいなめないことであった。

「それが納得できれば、――半九郎がどんな人物だか見当がつくはず。おのれの野心のためには平気で人を殺し、どんな悪事でもしかねないやつだ。――わしはそちに、悪についてて身を滅ぼしてもらいたくない。まして、そちはすでに若木家のことについては一度半九郎に断わった者、今夜のうちにも江戸へ引き返すがよい。それがすすめたかったので目通りを許したのだ」

心から自分の身を心配していてくれるのである。小鈴はうれしかった。うれしいにはうれしいが、やっぱり物足りない。小鈴にしてみればたとえ危険であろうと裏切り者になろうと、桃太郎侍と離れては、なんの生きがいもないのだ。

「では、若様のお考えで、――もし、あたしが江戸で待っていたら、あの人はあたしのところへ来てくれるでしょうか」

きわどい逆襲である。

「無事に生きてさえすれば、必ずまいるであろう。約束を守らぬような男ではない」

「では、きっと夫婦になってくれるんですね」

「さあ、それはその人に会って聞いてみねばわからぬ」

「会いたくったって、神隠しになっているんでは、会えやしません」

小鈴は恨めしそうににらみながら、

「ようござんす。あたしはここまで来たついでに讃岐《さぬき》の金毘羅《こんぴら》様へあの人の無事を願掛けにまいります。——若様のお国の金毘羅様は、たいそうご利益《りやく》があるんだそうでございますね」

たいへんなことを言いだした。

「そちは強情なおなごだな。しからば、つかわしたいものがあるによって、しばらくそれに待っていよ」

若様は苦笑しながら、気軽に立ち上がった。


（あした、峠で——）

チラリと漏らした小鈴のことば、桃太郎侍はそれだけ聞けばたくさんであった。

伊賀半九郎は若殿が四人で先行したのを突き止めて、この宿《しゅく》へ一味を集めている。あしたの朝、宇都谷峠に待ち伏せて不意に襲撃の計画を立てていることは明らかだ。

しかも、前夜の失敗があるから、敵はすでに旅宿へ見張りをつけて、厳重に出入りを監視させているとみるべきである。その目をくぐって敵を出し抜くには、単身即刻、小鈴がまだここにいる間に出発するほかはない。そう考えたから、なにげなく座を立ったにせ若殿の桃太郎侍は、三人の待っている別室へはいるなり、

「助之進、そちの衣類をわしに貸せ」

やぶからぼうに小ダルマに命じた。

「何となされます、若殿」

三人は驚いて目をみはった。

「半九郎はやはり、この宿へ一味を集めておる。明日、峠で待ち伏せる計画であろう」

「――？」

「わしは即刻平侍になって、ひとりで出発する。そちたちは、どこまでもわしがここに滞在しているように見せかけて、行列の追いつくのを待って、行列がついたら、予定どおり道中をつづけるがよい」

「しかし、しかし若殿、おひとりでは、あまりに――」

助之進が顔色を変えた。

「いや、ひとりだから敵の目をくぐることができるのだ。この家にもすでに監視の目が

あると思わねばならぬ。あとのことは、おってなんらかの方法でさしずをする。寸刻を争う場合だ。とめだては許さぬぞ」

断固たる若殿の一言である。その非凡な英知手腕はじゅうぶんに信頼しているので、こう命じられると三人とも返すことばがない。

「若殿、あの女は――？」

橋本五郎太がわずかに顔をあげた。――死んだ進藤儀十郎から密書を抜いた女、進藤が裏切り者だったと聞かされて、その原因があの女にあるとは想像がつくらしい。妙に憎悪《ぞうお》のこもった目だ。

「あれか――？　あれは品川から六郷まで道づれになった女、何か今まで半九郎にだまされていたらしい。深い詮議《せんぎ》には及ぶまい」

桃太郎侍は軽くうけながして、

「虎之助、そちに申しつけよう」

のっぽの大西虎之助のほうを向いた。

「わしが出発いたしたらすぐ、この紙包み、中は金子だ、これを女につかわして、――必ず江戸へ帰っておれ、わしのことばだといいつけよ」

「ハッ」

「他のことは何をきかれても申すに及ばぬ。――そうだ、この目おおいを、左の目へかけてまいれ。宿《しゅく》はずれまで送って行けといいつけられたと申せば、すぐ納得いたすであろう」

取り出したのは眼帯である。……目から鼻へぬけるような小鈴のこと、これですべてを察するだろうと桃太郎侍は気がついたのだ。

「承知つかまつりました」

「ほかの者は決して外出してはならぬぞ。万一、わしをたずねて来る者があったら、所労にて目通りならぬと申しておけばよい」

「ハッ」

「如才なくいたせよ。そちたちの役目は、どこまでもわしがここに滞在しているように見せかけて、できるだけ悪人どもの目をここへ引きつけておくことだ」

「はい。若殿には、なにとぞご道中じゅうぶんにお気をつけくださいますよう」

三人が三人とも、悲壮な顔だ。

「その儀は心配するな。すぐにたよりをつかわす」

若殿は手早く助之進の衣類に着かえた。はかまはからだに巻いて隠して、平侍がひそかに旅遊びに抜けて行くといった着流し姿だ。

「見送りには及ばぬぞ」

気軽に玄関へ出て、宿のゲタをつっかけた。

「お早くおかえりなさいまし」

番頭に送られて、ふところ手のままフラリと外へ出た桃太郎侍、――まだ宵《よい》の口の宿場である。おそく着いた旅人や、すでに晩酌をすませて一夜の旅のうさ晴らしを求めるらしい浮かれ客など、にぎやかな街道筋。

(いるな――!)

それとなく見まわす目に、早くもあやしい浪人者の姿が、ふたり、三人、てんでんばらばらに、立ったり、歩きまわったり、――じっと宿の出入りを見張っているのだ。その三人が三人とも、玄関を出た桃太郎侍をジロリとにらんだが、いかにも身軽な姿、ちょっとその辺を一回りして来るとしか見えない。さすがに見のがしてしまった。

「あねご、だいぶおそいな」

ひとりが物陰に立っているのへ声をかけた。

「くどいているんだろう」

声をかけられたのが笑ってみせる。

「フフフ、くどき落として、ふたりで出て来るとちょいとめんどうだが」

「いくらなんでも、そんなことはあるまい。かけおちは夜半ときまったものだ」

「そういやそうだが、——ありゃだいじょうぶだろうな」

あごでしゃくった峠のほうへ、桃太郎侍がブラブラと歩き去るのである。

「まさか、たいせつな若殿をおいて、ひとりで遊びに出るやつもあるまい。のんきに、おしろいのにおいでも、かぎに行くやつさ」

「うまくやっていやがる。——うまいといえば桃太郎ってやつも果報な男だな。あれだけの女に命がけでほれられりゃ文句はなかろう」

「だから、命をねらわれるようになるんだ。好事魔多し《こうじまおお》といってな」

「畜生。われわれは、その魔のほうへ成り下がってやがる。罪な話さ」

ふたりは顔を見合わせて苦笑した。

そのころ、――小鈴は限帯をした大西虎之助をにらみつけて、まっさおになってい
た。みごとにまた、だしぬかれてしまったのである。

「じゃ、若様はあたしに江戸へかえれとおっしゃるんですね」

「さよう。拙者に宿《しゅく》はずれまで見送れというお申しつけでござる」

のっぽの虎之助は心形刀流の達人、武骨な肩を張って、冷静な目を小鈴にむけてい
た。

「ご親切ですこと。で、若様はどうあそばしたのでございましょう」

「もう、おやすみなされた」

うそばっかし！――小鈴は震えるほどくやしかった。さんざん待たしておいて、あっ
けらかんと待っていた自分もおめでたいが、今ごろあの人は峠へ急いでいるに違いな
い。

（どうしてやろう）

それほどあたしをじゃまにするなら、いっそ追いかけて行って殺してしまいたい。
たとえ裏切り者として伊賀半九郎にどんな復讐《ふくしゅう》をうけようと、あの人のためならしか

たがない。ほれた男への心中だて、隠密《おんみつ》の役でも、間者でも、それがあの人の役に立つことなら喜んで死ぬのが女のまごころと、今も今覚悟していたところなのに、まだこっちの話を半分も聞かず、だますようにして行ってしまうなんて、あんまりひどすぎる。

（だれがこんなお金なんか、――お金であたしの口を封じるつもりなんだろうか）

重そうな紙包みをながめながら、小鈴は泣きたくなって来た。それにまたこの男は、なんてぼくねんじんなんだろう。黙って人の顔ばかり見ている。

「あたしね、若様とは堅い約束があるんですけれど、あなたご存じ？」

何もかもぶちまけて、びっくりさせてやりたい衝動にかられながら、ふっと小鈴は男の白い眼帯に気がついた。

「おや、あなたお目が悪いんですか？」

「いや、若殿のお申しつけにて、この目おおいをして送るように、いいつけられたのだ」

のっぽの虎之助はぶっきらぼうに答えた。

「その姿で――？」

小鈴は改めて男の長い精悍《せいかん》そうな顔をみつめた。むろん、あの人には比ぶべくもないが、白い眼帯は桃太郎侍の変装である。わざわざこんな姿をさせて、――宿はずれまで見送れといいつけたという。

（なぞがある）

ふっと小鈴は気がついた。

この宿屋に半九郎の見張りの目があるとしたら――いや、あのぬけめのない伊賀さんのこと、必ず自分にもあの人にも監視の目があると見るのが当然だ。そこを、あたしが桃さんを連れて出れば、その目は、一時でもあたしの行くほうへ集まる。あの人はその間に、なにか仕事がしたいのではあるまいか？

「大西さんとかおっしゃいましたね。――ぶしつけですけど、ちょっと失礼しますよ」

小鈴は重い紙包みを取って、念のために、たんねんに上封を解いてみた。はたして、その包み紙の裏に、――こころあらば――と、かな文字に書きすててある。

こころあらば助けてくれとも取れるし、こころあらば江戸へ帰って、時を待てとも取れる。

（へたななぞ――！）

小鈴はじっと、そのかな文字に見入った。――あらばというのが気に入らない。こころあるからこそこんなに思いこがれて身を細らせているのに、まだこんな水くさい文字を使っている！

が、今の今まで殺してしまいたいほど怒っていた心が、いつとなく解けてきた。われながら、そのたあいなさに少し腹がたつけれど、

(そうじゃない。あの人はあたしの心をちゃんと信じていればこそ、安心してだれにもいえない秘密まで明かし、こんなわがままな、なぞなんか書けるんだ。憎らしい人！甘ったれているとしか思えやしない)

けろりと小鈴のきげんは直っていた。さもたいせつなもののように、その紙だけをたたんで胸深くしまいながら、

「せっかくですけれど、このお金は若様にお返ししてくださいな」

わざと冷淡に、金包みを虎之助のほうへ押しやった。

「いや、それはおおせつけの金子《きんす》だから――」

虎之助が変な顔をする。

「仰せつけでもなんでも、いりません。お金なら、あたし、いただかなくても小判というものをたんと持っているんですもの。――それより、大西さん、若様がお選びになっ

たんですから、だいじょうぶでしょうけど、お見送りの役目、ちょっと大役になるかもしれませんよ」

半九郎が自分をねらっているとすれば、この身代わり桃太郎、あるいは無事にすまないかもしれないのである。

「おしたくがよろしければ、そろそろまいりましょうか」

「したくはいい。が、とにかく、この金子――」

律儀な虎之助が当惑しているのを、小鈴は見向きもしないで廊下へ出た。

玄関に立って待っていると、はたして捜すまでもなく、顔見知りの浪人者が三人、あっちこっちから、じっとこっちの様子をうかがっている。

「大西さん――」

小鈴は並んで玄関を出ながら、親しそうにそっとその耳へささやいた。

「あなたは、かまわず知らん顔をして先へ行ってください。そして、あたしたちが見えないところへ行ったら、その目おおいを取って、どこへでも隠れてしまうのです。ようござんすね」

「なに、小鈴が桃太郎侍を連れ出したというのか?」

　峠に近い旅宿の奥に陣取っていた伊賀半九郎は、見張りからかえって来たひとりの報告を聞いて、キラリと冷たい目を光らせた。

「は、約束どおり江戸へいっしょに連れて帰ることになったから、伊賀先生によろしくいってくれというのです。それは困る、われわれはそんな権限を許されていないのだから、直接先生に話してくれと、——とにかく、師匠をなだめて連れて来ました」

「桃太郎侍はどうした」

「ひとりでズンズン宿はずれのほうへ行ってしまうので、これは斎藤たちがすぐ追って行ったはずです。師匠はしきりに先を急いていますが——?」

「うむ」

　半九郎は何か考えている。

「そのほかに、だれか宿を出たものはないか」

「別に、あやしいと思う者の出入りはありません」

「バカをいえ。そのあやしくなさそうなやつが、往々にしてあやしいのだ。たしかに、だれも出ないのだな」

「そういえば、ひとり、着流しで宿のゲタをつっかけた若い侍が、ひやかしにでも行くような格好で出かけましたが」

「ふうむ。それはいつごろだ」

「師匠が、桃太郎侍を連れて出るちょっと前です」

「ひとりでか――?」

「たったひとりです。おしろいのにおいでも、かぎに行くのだろうと思って、だれも、あとをつけませんでした」

「それが油断だ、ひやかしならなおさらのこと、そう遠くへ行くはずはないのだから、なぜ一応行く先をつけてみないのだ」

「――」

そういわれれば、たしかにそうである。報告に来た男は、思わず頭をかいた。

「伊賀さん――!」

待ちかねたらしい小鈴が、廊下から呼ぶ。

「あたし、急いでいるんですけれどね」

「まあ、はいれ」

半九郎は答えながら、男にさがっているように目くばせをした。

「ごめんなさい。この人がどうしても一応伊賀さんに自分でいってくれなけりゃ困るっていうもんだから、あたし急いで来たんです」

小鈴は出て行く男を見送りながら、すわるなりいった。

「おや、伊賀さん、どこかへでかけるところですか？」

半九郎は、わらじをはくばかりの旅じたくをしているのである。

「うむ、今夜は拙者もいそがしい」

「じゃ、何か吉報があったんですね」

小鈴は内心ドキリとした。それに、気のせいだろうか、今夜の半九郎はむっつりと、何もかも見とおすような鋭い目を向けている。

「あねご、桃さんをくどき落としたそうだな」

「ええ。やっと、命がけで――」

「なぜ、いっしょにつれて来なかったんだ」

「あの人、恥ずかしがって、伊賀さんには会いたくないっていうんですもの」

どぎまぎとあかくなる。激しい動気だ。

「桃さんほどの男が、女にくどかれて途中から味方を裏切る。そりゃ恥ずかしいだろう」

「――？」

「ほんとうに、いっしょに江戸へ帰ると承知したのか？」

「承知したから、いっしょに宿を出たんじゃありませんか」

「よく向こうの連中が黙って出したな。すくなくとも、あねごは伊賀半九郎の一味とわかっているはずだぞ」

「――」

なるほど、そういわれてみれば一言もない。小鈴は残忍な目に見すえられて、ぞっと悪寒《おかん》を感じた。

「だって、あたしたちはもうこの事件から手を引くんですもの、しかたないじゃありませんか」

苦しい言いわけである。

「拙者はそうは思わん」

半九郎は皮肉にニヤリとわらった。

「桃太郎侍たる者が、いかにあねごと約束があればとて、そう簡単に味方を裏切るはずはない。それをあねごの口に乗ったように見せたのは、あねごを利用したのだ」

「利用――？」

「利用だ。あねごが桃さんをたずねて行く。桃さんはあねごの裏にわしがいることを知っている。つまり、だしぬいたと思った敵が近くにいることを感じた。あるいは、ほれた男のこと、あねごはうっかり、こっちの計画を口にしたかもしれぬ。で、いっしょに江戸へ帰るといって、その間に若殿を逃がした。途中であねごをまいて、その、若殿のあとを追う。まず、その辺の筋書きだな」

「そんな、そんなことはあるもんですか」

躍起になって否定したが、――小鈴は驚くべき半九郎の奸知《かんち》にあおくなってしまった。

「そんなことがあるかないか、今桃さんの消息が来るだろうから、待っているがいい。拙者は、あねごを桃さんのところへ差し向けた時から、若殿の出発は今夜とにらんで、峠に網が張ってある。あねごにはきのどくだが、今夜は拙者もあねごを利用したのだ。

――はたして、あねごが桃さんを連れ出す前に、若い侍がひとり、夜遊びのような格好で峠のほうへ出て行ったということだ。これが若殿なら、桃さんは必ずそのあとを追うだろう」

「いいえ。あたしが、あたしが、そんなことをさせません」

小鈴はハッと立ち上がった。

「どこへ行く、あねご」

「桃さんをつかまえて来ます」

「それならあわてなくても、もうちゃんと手配がしてある」

「じゃ、伊賀さんはあの人を、あの人を殺させるんですね」

にせ桃太郎侍のほうではない、小鈴にとっては峠へかかったという若殿を殺させてはならないのだ。早く追いかけて行って知らせてやらなければ——!

「いや、そう簡単に殺されるような桃さんではあるまい。とにかく、今夜の秘密を打ち明けた以上、疑うわけではないが、結着がつくまで、あねごの自由は許さぬ」

「だって、桃さんがほんとうに江戸へ帰るんなら、いいじゃありませんか」

「むろん、それならまもなく、桃さんはおとなしく、ここへあねごを迎えに来るだろう」

うそばっかし！　その桃さんを殺したがっている半九郎ではないか。が、おそらく、にせ桃太郎侍のほうは、つかまるはずはないのだ。何も知らぬ若殿のほうがあぶない、どうしようッ！

「峠の大将は高垣《たかがき》さんですか？」

「うむ」

「じゃ、地雷火――？」

「フフフ、それには及ぶまい。若殿ひとりなら南蛮渡りの短筒一発でたくさんだろう。勘兵衛はその道の達人だからな」

半九郎は落ち着きはらっている――いっそ、峠へかかったのが桃さんだといって、助けてもらおうか。この身を任せて頼みこめば、桃さんにはなんの恨みもない半九郎なのだ。

（死んだってそんなこと――！）

思っただけで、小鈴は総毛立ってしまった。

でなければ最後の手段、油断を見すまして殺して逃げる。そううまくいけば文句はないのだが。

「伊賀先生」

ふっと廊下から呼ぶ野太い声がした。にせ桃太郎侍のほうの消息を持って来たに違いない。

桃太郎侍は、みごとにだしぬいたつもりだった。上り下り一里の宇都谷峠、これが無事に越えられるようなら、敵はまだ若殿が鞠子の宿に滞在していると見て、少なくとも行列が着く一日か二日は気がつくまい、その間にできるだけ先へ出る。ひとりで丸亀へ渡ってしまうのも一策だ。まさか十万石の若殿が、ひとりで道中をするとは、夢にも思うまい。

明るい月夜だったが、むろん峠へ夜道をかけるような物好きはいない。ふもとの立て場あたりですっかり旅じたくになった桃太郎侍は、木の下やみの峠道へかかった。

登るにつれてひえびえと、山気がはだに寒かった。高いこずえで時おりフクロウが鳴いている。ザーッと風が立ち木を鳴らして行く。すごいといえばすごい。

登りつめた頂上はちょっとした広場になっていて、そこに小さな観音堂があった。人っ子ひとり、犬一匹にも出会わない。

いよいよ下り坂だ。時刻は四つ（十時）を少し過ぎたころだろうか。道はひとうねり。右手は立ち木がおい茂り、左手は深い谷、道なりに山の端を回った桃太郎侍は、

（アッ！）

思わず立ち止まろうとした。前方三、四十間のあたり、道を擁《よう》するようにして立ち木のそばでたき火を囲んでいる七、八人、――山賊というご時世ではなし、いずれも、ちゃんとした旅じたくの武士である。もう火の恋しい時刻ではあるが、この夜ふけ、何も好き好んでこんな場所でたき火をしているやつはあるまい。用があって、だれかを待っているのだ。

半九郎の一味と見るのは早計だろうか。

（では、どうして今夜わしが立つと見抜いたろう！）

が、考えてみれば、ありそうなことだった。小鈴をよこした時、半九郎ほどの悪党、当然こうあるべきを予期していたに違いない。つまり、裏の裏をかかれていたのだ。

（神奈川の宿の例もあるではないか）

同じ手を使ったのが、われながら、いささか不覚だったのだ。大事を取るなら、このまま引き返すという手がないではないが、おそらく、物見が出してあったのだろう。す

でに、相手はこっちの姿を見つけて、じっと待ちうけるのだ。とうてい黙っては見のがすまいし、いまさら引き返せば、なお疑われるだろう。

（運を天に任せろ）

決断がつくといたずらに悪あがきをするような桃太郎侍ではなかった。知らん顔をして歩みよりながら、

「これはけっこうでござるな。ちょっと失礼」

自分からたき火の仲間入りをした。

こそこそと通り抜けでもすれば、たちまちかさにかかって来たろうが、平気で先を打たれると、さすがにかってが違ったらしい。ただじろじろと見まわすばかりだ。

「貴公、おひとり旅か？」

やがて、ひとりがむっつりときいた。高垣勘兵衛である。

「ひとりでござる。貴公がたは大ぜいでおにぎやかでござるな。どちらのほうへの旅です？」

「いや、待ち人だ」

「ほう、まだお連れがあるのか？」

桃太郎侍はとぼけた顔をする。とぼけながら半九郎の顔の見えないのを見てとって、あの男さえいなければ、なんとかなりそうな気がした。――が、勘兵衛は地雷火をかけろというような非常識を平気で口にする男。

「いや、連れではない。貴公たちを待っていたのだ」

急に挑戦《ちょうせん》的な目をギロリとさせた。

「拙者たちを――？」

「さよう。貴公を若木家に関係のある男と見て一時捕虜にする。申しわけなら、まもなく伊賀という男が来るから、それにいってくれ」

有無をいわせない勘兵衛の高飛車な出方である。

「それはちと乱暴でござるな」

桃太郎侍はあきれて苦笑した。

「乱暴かもしれん。が、この夜ふけに、わざわざ今夜峠を越える者は、若木家に関係のある者と拙者のほうでは決めてかかっている。あしからず思ってくれ」

乱暴ではあるが、なるほど、そのくらいの覚悟をしてかからなければ、こんなところへ網を張っている必要もないし、かいもない。敵ながらその心がけはあっぱれである。

「驚きましたな。しかし、おもしろそうだ。いったい、その若木家というのは何です」

そらっとぼけて、きいてみた。

「それも、伊賀が来たら聞いてくれ」

「伊賀とかいう人は、すぐ来るんですか？」

「まもなく来るはずだ」

来られてからではまにあわないが、桃太郎侍はのんびりと、

「よろしい、待ちましょう。別に用もない浪人者の気まぐれ旅、おもしろそうな話だ。子細によっては、ぜひ仲間入りをさせていただきたい」

物好きそうな目を一同にむけた。その実、人数や地形を目測しているのである。――たき火を囲んでいるのは七人、一時はじっとこっちをにらんでいたが、案外平気な態度に拍子抜けがしたらしい。もうすっかり人違いにきめて、油断しているようだ。油断しているようで油断なく気を配っているのは正面の口をきいたやつ、すなわち高垣勘兵衛だけである。

しかし、さいわいにも桃太郎侍はその男と正反対の道のほうに立っているので、左に

並んでいるひとりを突き飛ばして不意に駆けだせば、逃げられないことはない。道は下り坂で、月夜といっても木の下やみ、しかも道幅がせまいから三人と並んで駆けるのは少し無理のようだ。

（よし――！）

はらをきめて、わざとぼんやりたき火を見おろすと、ちょうど足もとへ出ている太い枯木《こぼく》のよく燃え盛っているやつ、元のほうを力いっぱい踏めば、その木を中心に組み合わせてあるマキ木が、反動で一度にはねあがるに違いない、――と見たから、なにげなく足をかけて思いきりグンと踏みつけると、はたしてパチパチと火のくずが八方へ飛び散った。

「アッ」

不意をつかれて一同が身をひきながら、思わずそれに気をとられたすき、豹変《ひょうへん》した桃太郎侍はタッと左のやつを突き飛ばして、一挙に風のごとく駆けだした。

「やっ、あやしいやつ！」

「逃がすな」

ろうばいして一同が口々にわめいたときには、もう十間あまりも駆けている。計画はみごと図に当たったかに見えた。

が、いけない！　敵はたき火を囲んだ七人だけだと思っていたが、まだ、ほかに伏勢があったのだ。声を聞きつけて、たちまち行く手の木陰からおどり出した四、五人。

「こしゃくな――！」

こうなっては斬り抜ける一途よりない。桃太郎侍はとっさに抜刀して、まっしぐらに飛び込んで行った。

「それ、おのおの！」

口ではいっても、その勢いに敵は思わず道を開きながら、しかし夢中で斬りつけて来る。

「エイ、――トウ！」

物ともせず右をはねあげて左へ斬り返す。気をのまれている敵の刀が届くはずはなく、左のやつは空を斬った肩先へサッと一太刀《ひとたち》浴びて、

「ワーッ」

のけぞったのと、――ダーン！　追い迫りながら勘兵衛が短筒をねらい撃ちにしたの

と同時、

「アッ」

不覚にも桃太郎侍はヨロヨロとのけぞった男に突き当たりながら、――そこがちょうどがけっぷち、一つになって、ド、ド、ドッと谷へ転落して行った！

船番所

室の津から讃州丸亀《さんしゅうまるがめ》へ海上二十七里、毎日金毘羅船が出る。当時金毘羅船は大阪からも出たし、播州《ばんしゅう》では室のほかに高砂、赤穂、備前では出の口や下村などからも毎日出た。昔からいかに讃岐の金毘羅様が有名であり、繁盛したかがわかるのである。

室を暁前に出た船頭大黒屋清兵衛の船は、日の出ごろから追い風に乗って、急に船足が早くなった。それだけに相当波が荒く、あたりを通る船はいずれも帆を半分おろして、その帆だけしか見えぬくらい、船は波に浮きつ沈みつ走っている。こうなると、乗り合いの人たちも、あまりお国自慢や冗談が出ず、ことに船に慣れない者は、たいていあおい顔をして寝ころんでいるしまつだった。

「お嬢様、気持ちが悪いんじゃありませんか？」

巡礼の男が、つれの巡礼の娘に、そっと声をかけた。平凡な顔だが、よく見ていると、時々びんしょうそうな鋭い目をする中年者、根を洗えばサルの伊之助である。

「いいえ、がまんできます」

チラッと浮かぬ顔をあげた巡礼娘は百合だ。例の伊之助の細工で涼しい両眼を盲目にされているが、むぞうさにたばねた黒髪、端麗なおもわ、自然に備わる気品はおおうべくもなく、その美貌《びぼう》は乗った時から船中の人の目を集めていた。しばいで見る朝顔日記の深雪《みゆき》――伊之助でさえほれぼれとして、（こういうときにも美人なんてものは、どうにもしようのねえもんだな）と、ひそかに慨嘆したくらいだから、なにかにつけて男に目をつけられるのはしかたがない。

しかも、この世間知らずのお姫様は、つややかな娘姿のまま、たったひとりで家を飛び出たのだから、大胆千万、今考えてもゾッとさせられるのである。

伊之助が哀れなお俊の葬式をすませ、桃太郎侍の手紙をそえて一時仙吉を神島伊織のもとへあずけて行列のあとをおったのは、――にせ若殿が江戸を立った翌朝であった。鈴ガ森へかかると、雲助にカゴをしいられて困っている武家娘がある。それが百合だった。

「どこへ行くんです、お嬢様。まだお加減がよくなさそうじゃありませんか」

伊之助は百合のあおい顔を見て、目をみはった。まだ足もとがフラフラしているのである。

「仙吉から聞きました。若様は、若様は百合を置いていってしまったのです」

「そりゃ無理だ。お百合様は病気だったのだし、だいいち、若様は悪人と戦いにいったんですぜ」

「いいえ、百合はぜひお供をさせていただきます。そういうお約束だったのですもの」

「だって、お嬢様はご家老様に黙って出て来たんでしょう？」

「書き置きをして来ました。百合がおそばにいなければ、若様はきっとお困りになります。おとうさまだって、許してくださるに違いありません」

何と言っても承知しない。たっていけないといえば、むろん、そのままひとりで道中をする気だったろう。

（よけいなことをしたと、だんなにはしかられるかもしれねえが――）

いちずに慕う娘心の強さに、ついに伊之助は負けてしまった。

が、百七十里の長い道中、こんな人目につくお姫様を連れて歩いたんでは、危険でしようがない。その夜の泊まりの程ガ谷の宿で、ふたりとも巡礼姿になり、百合をめくら娘に細工したのだ。泊まり泊まりもそれらしく安旅籠《やすはたご》を選んで、半日歩けば半日カゴと、――ひとりなら一日か一日半で行列に追いつけると思ったのに、旅なれぬお姫様連れではそうはいかぬ。先を急ぐ伊之助にとっては、もどかしいかぎりであったが、同じ思いがあればこそ、びっこをひきながらも、歯を食いしばって、つらいとひと言のぐちさえこぼさぬ百合、ついいたわらずにはいられなかった。

こうして、やっと行列に追いついた鞠子《まりこ》の宿で、意外な話がわかったのである。

行列に追いつきさえすれば恋しい人に会えるとのみ、単純に思いこんでいた百合は、鞠子の旅宿にひそかに上島新兵衛にあい、――若殿は二日前に単身先行して、それっきり消息がないと聞かされ、色を失ってしまった。しかも、六郷での危難、神奈川の宿はずれで飛び道具で襲撃、それだけ聞いてもいかに危険な道中であるかわかるのに、その夜は敵の監視の目をくらまして、ひとりで出ていったのだという。

「実は拙者も、夕方からの行列といっしょに当地へ着いて、今、大西虎之助から報告を聞いたばかりなのですが――」

新兵衛は不安そうに物語るのである。

その夜、のっぽの虎之助は、百合と名のって若様を尋ねて来た女といっしょに、若殿が立つとまもなく宿屋を出た。それは品川から六郷まで若殿の道連れになった女で、江戸へかえることになったのを、宿はずれまで見送れと若様に申しつけられたのだという。

女は玄関を出ると、見張りの浪人者と何か話していた。虎之助は女との約束で、かまわず先へ歩きながら、それまでしていた目おおいを取る。目おおいをとったら隠れるようにという意味ありげな女のことばだったので、――ちょうどその時四、五人の男連れが声高に話しながら鞠子の宿へかかって来たのをさいわい、そのあとについて道を引き返すことにしたのだという。

「虎之助の考えでは、――どうせ旅じたくをして出たからだ、若殿は決して旅宿を離れるな、行列がつくまで敵に、いかにも若殿が滞在しているように見せかけるのが、そちたちの役目だ、と申しつけられてはいましたが、なんとしても、おひとりでの峠越えが気にかかる。たとえ、あとでおしかりをこうむってもいいから、その足でお跡を慕う覚悟を決めた、というのです」

で、その四、五人の男連れ、てんでんに小荷物を首ったまに結びつけたり、大きい包みを持ったやつは背中へ背負って、バカっ話に興じて行くあとからついて歩きだすと、――宿場のほうから旅じたくの浪人者らしいのが五、六人、大急ぎですれ違いながら、

「目じるしは白い目おおいだな」

妙に殺気だってささやき合っていたのが目についたという。

「拙者の考えでは」と、新兵衛が注を入れた。「若殿は品川から六郷までのご微行に、やはり白い目おおいをなさいましたので、何かそれに関係があると思われます」

とにかく、敵の襲撃をのがれた虎之助が、旅宿のあたりまで引き返してみると、別の見張りは立っているが、女の姿はない。

さいわい前の一行は話の様子で旅役者の下っぱらしく、今夜のうちに峠越えをして岡部の宿へ行くらしい。そのままあとについて宇都谷峠をのぼりつめ、下りにかかって第一の山の端を曲がろうとすると、

「待てッ」

不意に木陰から浪人者が三人飛び出した。

あやしいと思ったから、虎之助はすばやく物陰へ身を隠した。はたして、敵の一味

だったのである。山の端を曲がった三十間ばかりのところに、たき火をして十人近くの人数がいた。旅役者どもはそこへ連れて行かれて、裸にされんばかりにして調べられたという。まもなく、意外にも伊賀半九郎が例の女を連れて来合わせて、役者どもはすぐ許されたが、──ひとりの浪人者が短筒を出して、しきりに半九郎に説明しながら、谷の底を指さしているのが見えた。

「遠くて話し声は聞くことができなかったそうですが、斬り合う形をみせたり、谷をのぞき込んだりしているところをみると、たしかに、だれかが撃たれたか、斬られたかして、谷底へ落ちこんだらしいというのです」

「それが若様とおっしゃるのでございますか」

百合は新兵衛の顔をみつめて、わなわなと震えてしまった。

船は大きな波のうねりを乗り切りながら、激しく揺れて走る。このあたり大島小島を迎え見送って海青く佳麗な風光だが、それどころではない、にせめくらの百合はムカムカと胸へこみあげそうになるのを、さすがに武士の娘、じっとがまんして行儀よくすわっていた。ともすると、額にじっとりとあぶら汗が浮いて来る。

「巡礼のご家来さん」

伊之助の隣にすわっていた江戸の俳諧師《はいかいし》だという男が、とぼけた顔をあげた。ゴマシオまじりの天神ヒゲ、鼻の下にもたれ下がった安っぽいヒゲをはやして、旅によごれた宗匠頭巾《そうしょうずきん》十徳姿、シミだらけの浅黒い顔が四十年輩にも見えれば五十とも見える。いつもダラリと口を半分あけているのが、いっそうこの男をのろまげにして、どう見てもたいした宗匠とは取れない。

「用かね、梅月さん」

伊之助がぶあいそうににらんだ。頭からこの男をけぎらいしているのである。

「この薬を巡礼のお嬢さんにさしあげたいんじゃがな、――だいぶ苦しそうだ」

手へ金色の小さな丸薬を三粒のせている。

「いらねえ。薬ならおれだって用意している。――お嬢様、薬をのみますか」

「伊之助、人さまに、そんな口をきかないでください」

百合は悲しくたしなめた。自分には人一倍親切な伊之助ではあるが、どうかすると人と口争いをしたがる。その荒っぽい気性が心配なのだ。

「せっかくのご親切、そのかたの、お薬をいただいてください」

「へえ」

百合の沈んだ顔を見ると、伊之助は一言もなかった。

「いただくとさ、梅月さん」

「それがよろしい。これは天竺《てんじく》伝来の大妙薬だでな。食当たり、船酔いはおろか、アホウが用いればアホウがなおる、バカにつければバカがなおりますじゃ」

本気なのか、そらっとぼけているのか、梅月宗匠はもったいらしく伊之助の手に丸薬をころがした。――うそをつけ！そんなにきくんなら、てめえがのんで、まずそのまぬけっつらをなおしやがれと思ったが、

「水でのむのかい？」

伊之助はじっと虫を殺した。

「いや、ただかんでおのみなさい」

「ちょうだいいたします」

百合は会釈《えしやく》して、手に移してもらった薬を口に入れた。なるほど、ふくいくたる香気が口中に満ちて、重苦しい心気を、軽くしてくれるような気がする。安価な売薬などではないらしい。

ある。

（不思議な人――）
湯気をとおして見るような視力で、梅月のとぼけた天神ヒゲの顔をそっとながめながら、百合はあわてて目をとじた。梅月がじっと自分の顔を見ているような気がしたのである。

この男にはじめて出会ったのは、たしか岡部の宿《しゅく》であった。忘れもしない、鞠子の宿で上島新兵衛から、世にも悲しい報告を聞かされた翌日である。

その夜、大西虎之助は事態の容易ならざるを知って、ひとまず旅宿へ引き返し、宿の者を頼んで改めて様子を探らせたのだという。すると、敵は宇都谷峠の下り道にある横倉村の百姓を狩り出して、夜から朝にかけて谷中を捜しまわらせたことがわかった。が、二つあるべきはずの死骸《しがい》が二つともない。たしかに血の跡が残っているのに、そのほかは何一つ証拠になるべき物さえ落ちていなかったという。

「で、万一谷へ落ちられたのが若殿であったとしても、必ず若殿は生きていられるものと判断はされるのですが――」

あの夜は、さすがに新兵衛も話しながら、蒼白《そうはく》な顔をしていた。

「畜生！　畜生！」

安旅籠《やすはたご》に待ちかねていた伊之助は、百合から若殿の消息の絶えたことを聞かされると、血相を変えてうめきだした。

「二本差しが大ぜいついていてやがって、なんてえざまだ。三日もあっけらかんと指をくわえて見てやがって、それで家来の役目がすむと思ってやがるのか」

むやみに腹がたつ。が、ゆっくり腹をたてている暇はなかった。

「どうしましょう、伊之助」

なれぬ旅に病後のからだを無理をして、ただその人に会える喜びを気の張りにここまでたどりついた百合である。その希望を失って、極度の不安に追い込まれた百合には、ともすると谷底へおちた若殿の血みどろの姿が思い描かれて、

「若様――！」

そのおもかげをかき抱くように、クラクラッと自失しながら、のけぞっていた。

「いけねえ、お嬢様！」

伊之助はろうばいした。今ここで百合にまで倒れられては手も足も出ない。

「しっかりしてくださいよ。なあに、話の様子じゃ、死んだときまったわけじゃない。

また、めったに死ぬようなだんなじゃありません。――あっしはただ、能なしの家来のやろうがしゃくにさわったから、おこったんでさ」

それからサルの活躍が始まった。どこをどう歩きまわって来たか、風のように出ていった伊之助が、風のように帰って来たのは、真夜中ごろである。

「お嬢様、だんなはきっと生きていますぜ」

翌朝、宇都谷峠を越えながら話してくれた。

「あっしはゆうべ、横倉村の百姓をたたき起こして様子を聞いて来ました。それで判断すると、谷へ落ちた敵のほうは若様に斬られている。若様は飛び道具で撃たれた。血の跡が残っているくせに、その二つの死骸が見えないというんでしょう。トラやオオカミの出るような場所じゃなし、そんなはずはありません。で、あっしの考えじゃ、ケガぐらいはしたかもしれないが、だんなは運よく助かった。が、その助かった事を敵にごまかすために、手早くいっしょに落ちた悪人の死骸を人に気づかれないところに埋めるか、隠すかして、証拠を残らないようにしておいて、谷を抜け出したんだ。どうも、そうとしか思えません」

「では、どうして家来たちのほうへ、なんとかおことばがないのでございましょう。若様は、生きていれば必ず行列のさしずをする、といいおかれておいでになったのだそうでございます」

「ところが、伊賀半九郎はやっぱり若殿が生きているとにらんで、翌日すぐあとをおっているが、ああいうだんなのこと、ことによると案外ひょっこり行列のほうへ帰るかもしれないという見込みもつけたんですね。一味の半分を高垣勘兵衛という、こいつが峠で若殿を撃ったやつなんだが、そいつにあずけて、宿屋のほうを見張らしているんです。だから、だんなもうっかりしたことができなかったんでしょう」

「それがほんとうでしたら――」

百合は一瞬ほっと心が軽くなったが、――やっぱり、生きている若様を見ないうちは、安心できないのである。

「とにかく、こっちはこっちで、道々若殿をさがしながら、丸亀へ乗りこんでみましょう。生きていさえすれば、必ずそこへ行くだんななんだから」

伊之助は自信あるようだった。

こうして、執拗《しつよう》な勘兵衛一味につけられながら、行列が進むうしろから、ふたりはゆっくりと峠を越えて岡部の宿《しゆく》へはいった。ちょうど昼どきである。

「ここで昼食にしましょう。あっしは少しこの宿に用があるから」

わざと選んだ町はずれの一膳飯屋、そこでこの天神ヒゲの梅月宗匠に出あったのである。

「ねえさん、この土地へ旅しばいがかかっているそうだね」

昼食をすませた伊之助は、一服やりながら、なにげなく飯屋の少女にきいた。

「ええ、それはゆうべで、おしまいになりました。江戸の嵐鶴十郎《あらしつゆ》一座のことでしょう？」

少女が百合のきりょうを横目にかけながら、妙な顔をする。

「やれやれ、それは惜しいことをした。たいそうじょうずな一座だってうわさに聞いたが、こんどどこへかかるか聞かなかったかい？」

巡礼がしばいのうわさ、しかも連れの娘はめくらだ。少女が妙な顔をするのも当然だが、伊之助は気がつかない。——あの夜、峠で勘兵衛一味に調べられたという下っぱ役者、それを捜し出して聞いてみたら、何か手がかりにならないかと考えているのだ。

「そうですね、どこへかかるかあたしは知りませんが、この先の紺屋さんで聞いたら知っているかしれませんよ。そこの広場を借りて、しばいをしていたんですから」

「巡礼殿、しばいがお好きかな」

食後の茶を飲んでいた天神ヒゲの男が、ふっとまのびた顔を向けてニヤリと笑った。さっきから時々ジロリとこっちを見ていた男である。

「なあに、あっしが好きってわけじゃないが」

自分の考えにばかり気を取られていた伊之助が、ハッと気がついて、へたな返事をする。

「ああ、それじゃ娘さんのほうか」

「冗、冗談いっちゃいけません。昔はとにかく、今じゃこのとおりのにわかめくら、しばいどころじゃありません。ね、お嬢様」

「――――」

百合は人目を恐れるように、身を堅くしていた。

「ほう、急に目がな。きのどくに。お嬢様というところをみると、おまえさんのお主筋にでも当たんなさるおかたかな」

「そうですよ。このかたは江戸でちっとは名を知られた呉服屋さんのお嬢様だが、おかわいそうに急にこんなことになってしまって、これも何か前世の悪業だろう、せめて諸国の神仏を回って後生を願いたいとおっしゃるので、こうしてあっしがお供して歩いているんです」

伊之助はもっともらしい顔をして説明した。

「それはそれは。そのきりょうで、きのどくじゃな。わしは江戸の俳諧師で梅月という者だが、これから長崎へ行きます。どうだな、あんたがたが、いっしょに長崎へ行ってみぬか」

「長崎――？」

たいへんなことをいいだすのだ。

「そうじゃ。長崎にはいいオランダの目医者があるそうだ。それにみてもらえば、きっとその目はなおる。首にかけて、わしがひきうけてもいい」

無気味なことをいうやつである。

「まあ、考えておきましょうよ」

伊之助は急に冷淡になった。

「さようかな。何も考えることはないと思うが――その目が見えるようになるのですぞ」

「お嬢様、そろそろまいりましょうかね」

伊之助はかまわず金を払って、百合の手をひいて飯屋を出た。

「畜生、いやなやろうだ。ありゃお嬢様、ただのタヌキじゃありませんぜ。あんなとぼけた服装をしているくせに、相当ふところに金を持っている」

まもなく、そのタヌキがあとから追いついて来て、

「にわかめくらと聞いたが、娘さんなかなか勘がいいな。その歩きつきは、まるで目が見えるようだ。にせめくらとまちがえられますぞ」

ニタリとふり返って、足早に行きすぎる。

「やろう……」

思わず伊之助が追いかけようとするのを、

「いけません、伊之助」

百合があわてて引きとめた。全身ひや汗を感じながら。

日を重ねて、からの行列はついに室の津へついてしまった。が、依然として若殿の消

息はない。海一つ越せば丸亀の城下だ。さすがに主のない行列を城下へ進めるわけにはいかないのである。思慮も気性も衆にすぐれた若殿のこと、どこでひょっこり無事な姿を見られるかもしれない。きょうわかるか、あしたは知れるかと、それのみ心頼みにしていた近習たちも、今は全く進退きわまった形で、身動きができなくなってしまった。

「とにかく、こっちは丸亀へ渡ってみましょう」

伊之助がすすめるので、けさ夜明け前にこの船には乗ったが、百合はすでに覚悟していた。人なみすぐれた伊之助の勘をもってしても、ついになんの手がかりも得られなかった今、単身若殿が丸亀へ渡っていようとは思えない。まして、土地不案内のにせ若殿の身である。

(やっぱり、宇都谷の谷底でおはてあそばしたのがほんとうなのだ)

もう、そうとしか思いようがない。

「そんなはずはない。あのだんなが、めったに死んでたまるもんか」

百合の前では、つとめてがんばっている伊之助でさえ、このごろは暗く黙りこんでいる時があるのだ。

(丸亀へ渡って、それでも手がかりがなかったら、百合はもう一度、宇都谷へ引き返そ

う)

その人なくしては、この先、生きて何の希望も持てないからだ、せめて同じ土地の土にと思いつめている百合である。こんなことなら、いっそ、あの下屋敷の穴倉のやみで、その人のたくましい胸に抱かれながら、いっしょに死んでいたほうが、どんなに幸福だったろうとさえ思うのだ。

こうして、今は望みのすべてを失いかけて、伊之助任せに乗り込んだ金毘羅船、それにこの天神ヒゲの梅月が偶然乗り合わせていようとは意外であった。しかも、あの時はたしか長崎へ行くといっていた梅月である。

伊之助も警戒しているらしく、知らん顔をしていたが、——

「おまえさんとは一度、どこかで会ったことがあるような気もするね」

持ちまえの皮肉な目を光らせた。

「そういわれれば、そんな気もするな」

「たしか、おまえさん、長崎へ行くとか言っていなかったかね」

「あれはやめましたじゃ。急に金毘羅様に頼まれた仕事ができたでな」

「――?」

「句を作って、額に奉納しますのじゃ」

天神ヒゲはけろりとして笑っている。

「そうそう、そういえばご家来さん、あんたの捜していた旅役者は見つかりましたかな」

「――?」

伊之助はギクリとした。畜生、そんなことまで覚えているところをみると、どうしてもこのやろう、ただのタヌキじゃない。ことによると、半九郎のほうの回し者、あの時もたしかお百合様のにせめくらを見抜いているような口ぶりだったのだ。

「冗談いっちゃいけねえ。巡礼が旅役者なんかに用があるもんか」

「ほう。では、わしの勘違いだったか。――おや、高松のお城下が見えて来た」

船は帆いっぱいに風をはらんで、高松の沖を過ぎて行く。讃岐富士を背景にして、西日を浴びた四国の津々浦々が絵のように明るい。

「梅月さん、今夜は丸亀泊まりかね」

伊之助には、けしきどころではなかった。なんとかして、このタヌキのしっぽをつかんでやろうと、考えているのだ。

「まあ、そうなりますかな」

「うわさに聞くと、丸亀の船着き場には人改めの船番所ができたっていうが、ほんとうだろうかね」

なにくわぬ顔をして持ちかけてみた。

「そんな話も聞きましたな」

天神ヒゲはちらっと百合のほうを見ながら、

「なに、わしはこれで、顔が広いから、だいじょうぶじゃ。江戸の梅月といえば、知っている者はみんな知っていますでな、――なんなら道連れになってあげてもよい」

恩にきせるような口ぶりである。

「おまえさんの連れになれば、船番所がめんどうなく通れるのかね」

「そりゃ通れますじゃ、顔が広いでな」

「つまり、お役人と、顔見知りというわけなのかね」

「いや。わしも丸亀ははじめての地、知り人があるというわけではないが、ありがたいことに、名が聞こえていますのじゃ、江戸の梅月といえば」

「――？」

正気なのか、ちゃかしているのか、ちょっと判断がつかない。

「――？」

（どっちみち、金毘羅詣りの者といえば、無事に通すだろう。それからの仕事は、日が暮れてからだ）

三の丸内にあるという城代家老右田外記《げき》の屋敷へ、無事百合を送り届けてしまえば、もうこっちのものである。伊之助はそう覚悟したので、天神ヒゲの相手になるのはやめた。


やがて船が丸亀の沖へかかったのは夕暮れごろであった。

「お客さんがた、船が着いてもすぐ立たないようにしてくださいよ。この港は、このごろ少しやかましくなって、お役人の船改めがありますでな」

船頭が注意してまわる。

「船頭さん、その船改めっていうのは手間取るのかね」

ひとりが心配そうにきいた。

「なあに、自分の出て来た国の名と行く先を調べるだけです。心配することはありません」

はたして、船着き場へ着くと、書き役と下役を従えた役人が、ドカドカと船へ乗り込んで来た。いちいち住所と行く先、用件などをきいて、書き留めている。

(なるほど、こりゃ厳重なものだ)

伊之助は内心おだやかでない。無事にすんでくれればいいがと、そっと百合のほうを見ると、これは行儀よくすわってうつむいている。

(町人の姿にしては、どうもあの気品てやつがな)

口をきかせると、なおいけないのだ。

「そのほうはどこの者だ」

役人はついに天神ヒゲのところまで来た。

「江戸湯島に住居いたします島梅月と申す俳諧師でございます」

「どこへまいる」

「象頭山《ぞうずさん》金毘羅大権現の額堂《がくどう》へ句額を奉納にまいる者でございます」

「江戸の者だな」

「はい。江戸の梅月と申せば、少しは知られた俳諧師――」

「むだ口はいらぬ。待っておれ」

役人は耳にもかけない。――このやろう、やっぱり半狂人だったと、伊之助があきれていると、次はいよいよ自分の番だ。

「そのほうはどこの者だ」

「へえ、江戸神田三河町の呉服商伊勢屋久右衛門下男伊之助、これは主人の娘お久様と申します。へえ。ご覧のとおりお嬢様が眼病で、あんまりお嘆きなさいますんで、八十八ヵ所参りにお供してまいりましたんで」

「そのほうたちも江戸の者だな」

「はい」

「この者とは連れか？」

梅月のほうをあごでしゃくる。

「いいえ、この船ではじめて会いましたんで」

「そうか。そのほうたち三人は、ちょっと船番所まできてくれ」

「へえ、てまえどもは別にあやしい者では――」

「それはわかっている。が、江戸の者は子細あって一度番所まで来てもらうことになっているのだ――。船頭、ほかの者は陸へ上げてよろしい。――まもなくお奉行様のお調べがあるから、しばらくこれに待っていよ」

船番所へ連れて行かれた江戸の三人は、そのまま座敷牢《ざしきろう》へ入れられてしまった。まるで罪人扱いである。

「お役人さん――」

牢格子の錠までおろして立ち去ろうとする先刻の下役に、伊之助はあわてて声をかけた。

「そのお調べってのは、すぐあるんでしょうね」

「それはお奉行様のごつごうだ」

「お奉行はなんと申し上げるおかたです！」

「鷲塚大学《わしづかだいがく》様とおっしゃる」

「ああ、すると、鷲塚主膳様のご一門のかたですか――」

「――？」

若い下役はジロリと伊之助の顔をにらんだ。他国者の巡礼ふぜいが、家老の名を知っている。不審に思ったらしい。

「ご城内に、伊藤新十郎様ってかたが、おいでになるでしょう」

ハッとして伊之助は、追いかけるようにきいた。これはお俊を見捨てた男、丸亀から一度たよりがあったと聞いていたのを思い出したのだ。はたして、今でもいるのかどうか、それはわからないが、もしいてくれれば仙吉の父親だ、なんとか便宜を得られるかもしれないと考えたのである。――が、下役は冷淡であった。

「そんな者は知らん」

「へえ。なんでも丸亀のご城内にいると、江戸を立つ時、主人から聞いて来たんですがね。そのおり、丸亀のご家老様は鷲塚主膳様とおっしゃるかただと、話のついでに、聞いていたもんですから」

「そうか。大学様はそのご家老のご舎弟だ」

「ああ、ご舎弟様なんで。――どうか早くこんなところから出られるようにしておくんなさい。罪もない人間を、こんな牢屋《ろうや》みたいなところへ入れると世間に知れたら、土地の人気にもかかわると思うんでございますがね」

伊之助はうまいところをつく。

「いや、すぐらちがあくだろう。しばらく待っておれ」

下役の者は、きのどくそうに、そそくさと去っていった。

鉄格子《てつごうし》のはまった高窓のあたり、日はすでにたそがれて、牢内にはお互いの顔がわずかに見分けられるほどの薄やみがこめている。強いいそ風が樹木にサッサッと鳴っているのが耳についた。

「チェッ、梅月さん、おまえの名まえも、あんまりあてにならなかったね」

ポカンと半分口をあけている天神ヒゲをにらみながら、伊之助はずけずけといった。

「いや、どうも。——縁なき衆生はどしがたしというてな、相手に風流気がないのだから、しかたがありませんわい」

天神ヒゲは平気で笑っているのだ。

「巡礼のお嬢さん、気分はどうかな」

「おかげさまで、——ありがとうございました」

百合は丁重に頭を下げた。

「それはけっこう。わしの妙薬は、自慢だけに、ききますでな」

何をぬかしやがると、伊之助はやけっぱちだ。船酔いはだれだって陸へ上がりさえすれば、ケロリとなおるにきまっているのだ。

が、こんな半狂人の相手になってはいられない。

「お嬢様、しっかりしていてくださいましよ。どんなことがあったって、伊之助がちゃんとついていているんですからね」

旅やつれというより、恋にやつれた百合がじっと思い沈んでいる姿を見ると、——こんなめにあわされてしまった今、伊之助にはいっそうふびんでたまらなくなるのだ。

「伊之助、あのかたはここにもいませんね」

その百合が案外しっかりした顔をあげた——江戸の者だけをこんなに厳重に警戒する。まだ若殿が着いていない証拠だと、百合は取ったのだ。いまだに着いた形跡がないとすれば、いよいよ悲しい推定を事実と判断するほかないのではあるまいか。

「だって、お嬢様——」

伊之助は百合の寂しい顔を見て、早くもそれと心の中を察したが、そばにえたいの知れない天神ヒゲがい、うっかりした口はきけないのだ。

「あっしはかえって安心しているんですがね。こんなふうだから、きっとだいじょうぶだと」

警戒が厳重なだけ、敵にはたしかに若殿が生きているというめぼしがあるのだ。勝負はおそくもこの二、三日と、伊之助は考えるのである。――どうしてこの厳重な警戒線を突破するか、おそらく、桃太郎のだんなは、そのくふうをしているのに違いない。

「あっしたちには、別に何の罪があるわけでもありません。お調べは簡単にすむと思います。そのうえで、伊之助にはまた考えがあるんですから、まあ気を大きく持っておいでなさいまし」

「そうでしょうか」

百合も他人をはばかって、それ以上は何もきこうとはしなかった。その天神ヒゲはと見ると、いつの間にか行儀よくうなだれている。居眠りをしているらしい。

（こん畜生、ほんとうに眠っているんだとすれば、よっぽど後生楽なやつにできているんだ）

伊之助はあきれてしまった。

それにしてもバカに手間取る。やがて日はとっぷりと暮れて来たのに、何のおとさたもないのだ。罪もない者を一晩泊めておくはずはないし、出してくれるつもりがあるのなら城下町の旅籠屋が起きている間にお調べがなくてはならない。

「お嬢様、眠っちゃいないでしょうね？」

顔も姿も、やみ一色に塗りつぶされて来たので、伊之助はなんとなく声をかけずにはいられなかった。

「ええ」

「眠っちゃいけませんよ。カゼをひくといけませんからね」

「眠りはしません」

むろん、眠れといったって眠れはしないのはわかっているが、さぞ心細かろうと思っての、せめてもの慰めだ。顔が見えないだけに、なんだか泣いていそうな気がしてならない。

スッとふすまの開く音がして、急に灯の光が流れこんで来た。さっきの下役侍が手燭《てしょく》を持って、はいって来たのである。

「伊勢屋久右衛門娘久、お調べがある、これへ出なさい」

「ハイ」

百合がハッとしたように伊之助の顔を見上げた。

「お役人さん、お嬢様ひとりだけでございますか？」

伊之助もドキリとしたのである。

「そうだ。ひとりずっというお奉行様の仰せだ」

「それはいけません。お嬢様はご覧のとおりのにわかめくら、ひとりでは満足に歩くことさえ、できかねますので」

「わしが案内するから、さしつかえない。早くせい」

「いいえ、そいつは困ります。主人から預かりましたたいせつなお嬢様、どうか、あっしもいっしょにお調べくださいますよう、お奉行様にお願いしてくださいまし」

「ならん。たって否やを申すと、おまえがたのためにならぬぞ」

「そりゃあんまりだ。それじゃまるで、あっしたち罪人扱い――」

「伊之助――」

いいつのろうとするのを、百合が制した。

「お奉行様のおいいつけです。そむいてはなりません。わたくしは、ひとりでまいりましょう」

「だって、お嬢様――!」

「いいえ、身になんの覚えない者、心配はありませぬ」

ここでさからって、いじ悪く出られては、かえってめんどうと、百合は覚悟したのだ。手さぐりをして静かに自分から立ち上がる。それでもと、引き止める口実は、伊之助にもない。

「だいじょうぶですか、お嬢様」

しかたなくその手を取ってやりながら、伊之助は悲痛な顔をした。

「神妙にしておれよ」

うしろの錠をピンとおろして、下役の男は百合を連れ去った。

ふたたび、やみになる。見送っていた伊之助の目から、あお白くうなだれて連れ去られた悲しい百合の残像が消えると、急に不安が大きくなって来た。

(やっぱり、ひとりで手放すんじゃなかった)

むろん、いっしょに調べてくれといったところで、通らなかったかもしれない。が、それだけに、よけい不安なのだ。

しかも、調べるやつは陰謀派の親玉鷲塚主膳の弟だという。うまく百合にごまかしきれるだろうか。万一、ここで素性が露見でもするようなことになったら、――いや、そんなことはあるまい。百合の顔を知っている者はないはずだし、あのめくらの細工は、めったに見破られる心配はないのだ。

そうは思っても、妙に落ち着かないのである。伊之助は、われにもなく重いため息が出た。

「巡礼のご家来さん」

やみの中から、天神ヒゲが声をかけた。

「なんだね」

「おもしろくないと、わしは思いますのじゃがな」

「なにがだい？」

「おまえさんがた主従を、ひとりずつ離して調べる。ひとりずつというのが、気に入りませんな。なにか嫌疑《けんぎ》をかけられたのじゃ」

「そんなバカなことがあるもんか。おれたちはなにも悪いことをした覚えはないんだ」

「だとすると、いよいよおもしろくない」

「なんだと?」

伊之助は、つっかかるように声のほうをにらんだ。

「お嬢さんは少しきれいすぎるでな。それに、目が見えない。とんだいたずら者がいなければいいが——」

「黙らねえか、畜生! かりそめにも、ここは船番所だぞ。役人がそんな、そんなまねを」

「いや、船番所には違いないが、ここはただの船番所ではないようだ」

天神ヒゲはいやに落ち着いている。——そういわれれば、ただの船番所ではない。悪人どもの巣窟《そうくつ》なのだ。

「どうして、おまえさんにそれがわかるんだ」

「そのくらいのことは、すぐわかりますじゃ。——船着き場から城下町にはいるところに、新しく大木戸ができていた。そばには番小屋がある。夜になると、あの木戸がしまって、不寝番が立つのだろう。つまり、この藩では外から入れたくない者があって、用心しているに違いない。入れたくない者、それは江戸の者だ」

「うむ」

「この番所の門をはいったところに、うまやがありましたな」

「あったよ」

「三頭のウマに、みんなクラがおいてあった。はいっては困る江戸の者が、むりに木戸を破ろうとすると、そのウマがいつも城内へ駆けつける伝騎《でんき》となる。してみると、そのはいりたがっている江戸の者というのは、相当、大きな力を持っているやつだ」

「なるほど」

「こんなに用心をしなければならないのは、この藩が、謀叛《むほん》をたくらんでいるか、お家騒動でもあるか――謀叛なら江戸公儀の隠密《おんみつ》がこわい。お家騒動なら江戸屋敷の反対派がこわい。どっちみち、こわがって用心しなければならないのは悪人にきまっていますじゃ」

「――?」

「その悪人の玄関番ども、おもしろ半分に、どんな調べ方をするかわかったものではない。番人というものは、とかく退屈しますでな。どうも、娘さんは少しきれいすぎる」

「おい、おまえはただのネズミじゃないな」

うすっとぼけたつらをしていながら、よく目が届いている。柄にもない大金を持っているし、こいつ、たしかに肩書きのあるやつか、でなければ、自分で今いった江戸の隠密と、伊之助は天神ヒゲのすわっているあたり、じっとにらみながら、やみに心耳を澄ました。

「わしも、おまえさんを、ただの巡礼さんとは見ていなかった」

相手がニヤリと笑ったらしいのを、伊之助は語気で感じる。

（こんちくしょう、おれたちを何と見たろう？）

が、それより、天神ヒゲが何をしたがっているのか、できるだけ相手にしゃべらせて、その素性をかぎ出す必要がある。

「よし、話は早いほうがいい。おまえさんの考えを聞こうじゃねえか」

伊之助は意気ごむように、ひざをすすめた。ゴトゴトといそ風が雨戸を鳴らしている。

「まず、この座敷牢《ざしきろう》を一刻も早く出ることだな。おまえさんとふたりならぞうさもあるまいが、あの娘さんは藤四郎《とうしろう》らしい」

「おだやかに調べられている間はいいが、なにかいたずらでもされるようだと、転倒して、うっかりにせめくらがばれる恐れがある。そうなると警戒が厳重になってしまうから、その前に仕事をしてしまわなければなりませんて」

「――――」

恐ろしいやつ、いうことがいちいち急所をついて来る。そのくせ、相変わらずのんびりと茶飲み話でもしているような調子だ。よっぽど、はらのすわったやつらしい。伊之助はゴクリとなまつばをのみこんだ。

「この船番所には万一に備えて、相当の侍どもが詰めているが、見えない敵に備えているのだから、退屈する。ことに、夜は船が着きませんからな。たぶん台所へ行くと、酒が隠してあるじゃろう。おまえさん、ここを出たら、台所へ行きなさい。一服盛っておいたほうがつごうがいい。薬は持っていなさるだろうな」

「そりゃ持っている」

「それが済んだら、船着き場、つまり木戸の外へ出て、船のほうへちょうちんで三度丸を描いてもらう。わしの子分どもが四人出て来るはずじゃ。それを案内して、ここの玄関で待っていてもらいましょうか。ちょっとむずかしい仕事だが、おまえさんなら、できますじゃろう」

「たぶんね」

伊之助はムカッと来た。人を子ども扱いにしやがると思ったのである。が、百合を助け出すまでは、けんかもできない。

「で、おまえさんはどうするんだね」

「わしは娘さんを引き受ける。ちょうどおまえさんがたが玄関へ忍び込んだころ、娘さんを連れて出るようになると思うから、うまやのウマを用意しておいてもらいましょうかな。その辺のところは、わしのやり口を子分どもはよく知っていますで、如才なくやってくれると思いますじゃ」

しごく簡単に、ひとりできめている。

しかし、こんなおおざっぱな打ち合わせで、はたしてうまく事が運ぶだろうか？　たとえば、夜番の侍たちが酒を飲まなかったらどうなる。こっちが玄関へ忍び込む前に、百合の身に危険が迫ったらどうする。そう疑って来ると限りがない。

「おまえさん、きっと娘のほうは引き受けてくれるのか」

念を押さずにはいられなかった。

「まあ、おまえさんの腕から見せてもらいましょうよ」

天神ヒゲはけろりとしている。こっちが疑うなら、そっちこそあやしいものだといわぬばかりだ。いわれてみると、なるほど、どっちが失敗しても命がけ、信じ合わなければ、いっしょに仕事はできない。伊之助は一本やられた形である。

「よし、じゃ始めるぜ」

こうなれば度胸くらべ、腕くらべだ。こんちくしょう、驚くな――伊之助はえりに差してあったつまようじを抜きとって、たちまち牢のとびらの錠に手をかけていた。コトリとも音をたてない。

(ふん、どんなもんでえ)

錠をはずしてスルリと座敷牢を抜け出したサルの伊之助――だが、これからが、ちょっとめんどうだ。まるっきり、かってを知らない家なのである。

そのころ――

小鈴は国家老鷲塚主膳の寮へ呼ばれて、老松《おいまつ》を踊っていた。

国もとの実権をひとりで握って独裁している主膳は、夜は城内の窮屈な自邸より、たいていこの町方の寮へ寝泊まりしている。自由でおもしろいからだ。権勢にこびようとする藩士たちが、ちゃんと心得ていて、町方からより抜きの美妓《びぎ》を集め、毎夜酒池肉林《しゅちにくりん》の宴を張って、あたかも家僕か幇間《ほうかん》のごとく、ごきげんを取ってくれるのである。美妓たちはどうしたらこの人の寵《ちょう》を得られるかと妍《けん》をきそい、取り巻きの侍はなんとかしておのれの才能を認めてもらおうとしておヒゲのちりを払うのだ。おもしろいわけである。

が、主膳はいつもおもしろくなさそうな顔をしていた。そのほうが、いっそうおもしろがってもらおうと人々がいっしょうけんめいになるからである。

（いやなやつ）

小鈴は踊りながら、もうすっかり主膳のはらを見抜いていた。

伊賀半九郎の口車に乗ったと見せて、小鈴がいっしょに丸亀へ着いたのは一昨日だった。――宇都谷峠で大西虎之助のにせ桃太郎侍を追った一味の者が、面目なげに見のがしたといって引き返して来た時、半九郎は、

「それ見ろ、やっぱり江戸へ帰ると見せて桃太郎侍は峠の若殿を追ったのだ」と主張

し、いよいよ谷底にそれらしい死骸がないとわかると、

「桃太郎侍が、ひそかに助けて逃げたに違いない」と、断定した。

「きのどくだが、あねご、こうなってはもう許せぬ。目につき次第斬るから、そう思ってくれ」

半九郎から改めていい渡された。おそらく、そういえばきっと丸亀までついて来るという半九郎のはらだったのだろう。

「ようござんす、女の真実をふみにじった憎い男、伊賀さんの手は借りませんからである。

承知で小鈴がその手に乗ったのは、——どうしてもあの人が死んだとは思えなかったためである。生きていれば必ず丸亀へ来なければならぬ若殿なのだ。いっそ、あの人のために、乗ったと見せて一味の陰謀をできるだけ探り出しておいたら、万一の時の役に立つだろうと考えたのである。

(頼まれもしないのに、命がけの隠密役をかってに買って出るなんて)

いや、買わずにはいられない自分のいちずな恋心が、われながら小鈴にはいじらしかった。どんなにかってなまねをされても恐れない心、——そのかわり、あたしはあの人をほかの女にとられたら、かわいさ余って殺さずにはいられないかもしれないと思う

と、時々恐ろしくなることさえある。そんな思い詰めた気持ちで丸亀へ着いた小鈴だから、

「一度主膳に会っておいたほうがよかろう」

今夜半九郎にすすめられた時も、おとなしく承知したのだ。

半九郎は、

「江戸の踊りの師匠、坂東小鈴です」

と、主膳に紹介した。

「うむ」

主膳はうなずいたきりである。小鈴は土地の女たちのように酌をしたり、おせじを並べたりはしなかった。

初老を過ぎたばかりのあぶらぎった顔、心おごって人を人とも思わぬおうようぶった態度、ことに、おもしろがっているくせに、わざとおもしろくなさそうな顔をしているろうかいさが、かんにさわるのだ。

小鈴は末席にすわって、そっぽを向いていた。

寄ってたかって主膳を喜ばせようと必死になっている中で、たったひとりそっぽを向

いている小鈴のいじっぱりな姿は、明るい灯かげを受けて、いっそう目につく。

「伊賀、踊らせろ」

ついに主膳が、ふきげんそうに、あごをしゃくった。

「ハッ」

人の悪い半九郎は答えながら、――ヒヒおやじめ、とうとう負けたなと思った。

権威と金にあかせて選んだ美妓たちである。土地の芸者も美しくないことはない。が、江戸好みのいきいきと、みがきのかかった小鈴の美貌は、だれの目にも群を抜いていた。ことに、女としてはうれきった膚の白さなまめかしさをおもわせて、洗練された着こなし、いきな髪形、いじになってそっぽをむいている姿は、ごきげんとりに恐々としているようなおしろいの濃い女たちにくらべて、生きた女の新鮮さを感じさせるにじゅうぶんであった。

おもしろくなさそうな顔をしていながら主膳が一目で強く心を引かれているのを、半九郎はちゃんと知っていた。知っていて、お酌をしろとも、踊りをお目にかけろとも、あえてきげんをとるようなまねはしなかった。さんざんじらしておいたほうが、つごうがいいのである。

土地の美妓たちの地方《じかた》で、小鈴の踊りが始まった。

女にはまた女たちのいじがある。

（ふん、渡り芸人のくせに、いやにお高くとまっている女）

ひき負かしてやろう、うたい負かしてやろう、何かわらってやるところでも見つけたらというはらがあるから、地方は気をそろえて、いっしょうけんめいだ。

（おや、張り合うつもりだね）

小鈴は胸の中でせせらわらった。が、一度踊りにかかると、根が好きで血の出るような修業が苦にならなかった女である、すぐいっさいを忘れて、踊りそのものになりきってしまうのだ。自然に手足が動く。差す手引く手、姿態いっぱいに流れて移りかわる艶《えん》冶《や》な生きた線の躍動、技神に入るとでもいうのだろうか、急所々々を踊り込まれて、まず地方たちが引き回されて来た。

取り巻きの侍はわかるもわからぬも、初めから目もあやな美女の舞い姿にうつつをぬかしている。

おもしろくなさそうな顔をして、見るでもなく、見ないでもなく、脇息《きようそく》によりかかっていた主膳さえ――いや、その主膳がいちばん引きつけられているのかもしれぬ、時々見上げるどんらんな目が、火のように燃えているのだ。

(フフフ。さぞ、あとがうるさかろう)

冷静なのは半九郎ひとりだ。——行列が室に泊まって動けないのは、若殿の生死が知れない証拠だ。その生死は、半九郎にも今のところまだ疑問だが、この二、三日のうちに行列が動かなければ、十中の八、九まで若殿は死んだか、大ケガをしたか、とにかく、無事ではいないと見ていい。万一、無事で単身乗り込んで来るようなことがあっても、江戸の者はいちいち自分が調べてからでなくては入国させないようにと、番所々々へ厳重に申し渡してあるから、必ず見破らずにはおかないのだ。

が、なんといっても、その生死のほどをこの目で見届けられなかったのは、あれだけ手を尽くしておきながら、やっぱり不覚であった。主膳のきげんがよくないのである。

そのふきげん封じに、今夜小鈴を利用したのだ。

むろん、半九郎が一度こうと思った女、主膳などにゆずろうとは毛頭考えていない。ただ二、三日の間、主膳の心を若殿から小鈴のほうへ移させておけば目的はたりるのだ。

どうやらそれが思うつぼにはまったらしい。

(美人というものは、まるで毒薬のようなものだな)

半九郎は感心して、ひそかに小鈴と主膳を見比べていた。

「伊賀先生——」

背後からそっと呼ぶ者がある。

「番所から調べ書が届きましたが」

「うむ」

半九郎は人目につかぬように、脂粉と酒の香の濃い広間をすべり出た。

「——?」

ジロリと主膳が見たようだが、別に声はかけぬ。刻々に届く番所々々の江戸の者調べの報告書を、いつもは自分も見なければ承知しない用心深い主膳だが、今夜はすっかり小鈴に魂を奪われているらしい。


百合は港奉行鷲塚大学の前へひきすえられていた。公式の場所ではなく、奥まった居間だ。

奇怪にも大学は中間に酌をさせて杯をあげている。酒を飲みながら人を調べるという法はない。しかも、大学はまだひと言も口をきかぬ。

ジロジロとあやしく、百合のからだじゅうを見まわしている。色彩にとぼしい巡礼姿だが、おのずとみなぎる若さはおおうべくもなく、伏せた顔の端麗さ、ぶしつけな視線を恥じて困惑している処女のふぜいは、世にも不思議ななまめかしさである。

(これで目があいていたらな)

大学は思うのだ。いや、めくらでもこれに比べるきりょうはちょっと類がない。なによりこの娘には、におうばかりの気品がある。ともすれば気品には冷たさがともなうが、これは真夏に咲きほこる谷間の白ユリ、そういったゆかしい情熱を深沈とたたえて、見れば見るほど輝いてくる美しさだ。

「ねえさん、名まえはなんというんだね」

主人の気持ちをのみ込んでいるらしい中間がききながら、ニヤリと大学の顔を見た。

「久と申します」

百合の声は、細かった。単なるお調べではない。酒興のサカナにされているのだ。ジロジロとみにくい男の視線をうけているだけでも、深窓に育った百合には堪えきれぬ屈辱だ。それをじっと忍んでいなければならぬ立場が悲しい。

「お久さんていうのか。いい名だな。おまえさんは江戸の大店《おおだな》の娘さんだそうだが、何か芸事をやったことがあるだろう。ひとつ、歌でもうたって、だんなにお聞かせしねえか」

中間はまたしても主人の顔色をうかがった。大学は知らん顔をしている。それを望んでいる証拠だ。

「あの、お調べと申しますのは、よろしいのでございましょうか」

百合ははっきりと顔を上げた。軽く目を閉じた長いまつげ、とおった鼻筋、朱のくちびる、怒りをたたえて息づく胸乳のあたり、――相手をめくらと思い込んでいるから、大学の凝視は露骨に燃えていた。

「なあに、調べなんかあとでいいんだ。だんなはご家老様のご一門、この番所のことは、だんなのツルの一声でどうにでもなるんだ。御意にかなっておいたほうが身のためだよ」

「お調べがなければ、わたくし戻していただきます」

「そんな強情を張らずに、まあ一つお酌をして差し上げたらどうだね、だんなにかわいがっていただけば、またねえさんの気持ち次第で、どんな身分にでもなれるというもんだ」

なんというけがらわしい！　百合は思わずくちびるをかみしめたが、――昔は知らず、たかが巡礼のかたわ娘と思い込んでいる下郎には、百合の悲しさは通じない。

「このご城内では、だんなに頭を上げられる人は幾人もないんだ。それほどのお家柄なんだぜ。おれは悪いことはすすめないよ。だんなはこれで少しお気が短いほうだからね、一度おかんむりを曲げてからでは、まにあわない」

「――――」

「わたくし、戻していただきます」

もう、がまんができなかった。百合は前後の考えもなくつと座を立つ。こんなところにいるくらいなら、まだあの座敷牢のほうがましである。

「ああ、どこへ行くんだ！」

中間がオオカミのようにおどりかかって来た。

「無礼な！――伊之助、伊之助！」

「いくらわめいたって、だれが来るもんか」

背後から抱きすくめようとするのを、百合はとっさに投げ出した。

「アッ、このあま！」

その間にスルリと、ふすまの外へ脱けようとしたが、

「どっこい――！」

あけた廊下からまたひとり――多少体術の心得はあっても、非力の娘のやせ腕、大の男ふたりには敵すべくもない。たちまち取って押えられて、うしろ手に縛り上げられてしまった。

「畜生、味なまねをしやがって」

甘く見て投げ出された中間が、憤慨しながら手荒くそこへ百合を引きすえた。引きすえられた百合は、なわ目に身の自由を失って、解け乱れた黒髪をあげるすべさえなく、がっくりうなだれて、あらしのような息を肩にはずませている。

「どうなさいます、だんな」

中間はむっつりと杯をあげている大学にきいた。

「助造、夜詰めの者どもにサカナをつかわしたか」

「へえ、みんな大喜びで一杯始めました」

答えたのは加勢に飛び出したやつである。

「そうか。きさまは奥へだれも通さぬように見張っておれ」

「へえ」

神妙に出て行くのをけはいで聞きながら、百合はもう生きたそらはなかった。見張りまでつけて、初めからたくらんだ仕事なのである。なんという無法な鬼、いっそ今のうちに舌をかみ切って死ぬべきではないだろうか？

「粂造《くめぞう》、そやつは多少体術の心得があるようだ。顔をあげさせろ」

「へえ。——やい、つらを上げろ」

投げ出されたやつが、じゃけんに髪へ手をかけてグイと引き起こした。

「おや、だんな、この女は目がなおりましたぜ」

「アッ」

急いで顔を伏せようとしたが、まにあわない。今の激しい争闘で、いつの間にか目の細工が取れているのだ——もうしかたがない、百合は涼しい目に恨みをこめて、じっと大学の酒にあからんだ顔をにらみつけた。

「さては、あやしいやつ——！」

両眼が生き返って、さんぜんと輝きを添えた美貌に、大学は思わずうめいた。むろん、あやしい素性より、類のない美しさに強く心をひかれているのだ。

「おまえは何者だ」

「――――」

百合は答えない、調べるのが目的でない男に口をきいても、ムダである。

「その目はどうしたのだ」

「――――」

「返事をせぬな。――よし、返事をしなければ、からだにきいてやるぞ。粂造、かまわぬ。その女を裸にして、持ち物を調べてみろ」

野獣のような大学の目がギラギラと輝く。

「無礼でしょう。お調べなら、なぜお調べのようになさいません」

「黙れ！　粂造、早くしろ」

「へえ」

下素下郎《げすげろう》に人情などはない。おもしろ半分に、いきなり、えりへ手をかけて来た。

「あ、何をする」

百合は必死にもがきながら、――夫のほかに見せてはならぬ女のはだ、野獣のような人非人の目にさらされるくらいなら、いっそ死のうと、目のまえが急にまっくらになって来た。

「若様！――」

最後に出たことばはそれである。

突然、ガラリとふすまがあいた。

「これはなんのまねだ、大学さん」

伊賀半九郎である。――三人の調べ書の中に不審の点があったので、寮の酒席から馬を飛ばして来たのだ。

「――？」

半九郎の渋い顔ににらまれて、さすがに大学はうしろめたい。粂造は恐れて、コソコソすみのほうへかしこまった。

肩のあたり白々となかば衣紋《えもん》をかきむしられた百合は、胸をかばうようにうつぶして、見るも無残な姿だ。畳に乱れた豊かな黒髪が、荒い息づかいのたびに、生き物のようにふるえている。

「大学さん、これは調べ書にあった巡礼娘のようですな。いったいこの姿はどうしたのです」

ひと目見ればだれにもたいてい想像のつくことだ。許すまじき半九郎の語気である。

「あやしいやつだから調べているのだ。さしつかえないではないか」

一時は醜い野心の不意をつかれてギョッとなったが、大学は日ごろ兄主膳の権威をかさに着て甘やかされつけている。急に太々しい横車を押して来た。

「調べる？——酒のサカナにですか」

半九郎は冷笑した。主膳をさえ一時の傀儡《かいらい》としか思っていないような男だから、はらのない無能の大学など、てんで頭から問題にしていないのだ。

「酒のサカナにではない。この女は、にせめくらを装っているのだぞ」

「にせめくら？」

「そうだ。だから、調べているのだ」

大学はどうだといわぬばかりの顔である。

事実とすれば、なるほど穏やかならぬ話である。半九郎はつかつかと百合のそばへ進んだ。半ばむしりとられてふっくらと肉づき、玉のごときあらわな肩、さすがにその衣《え》紋《もん》を直してやって、グィと引き起こす。

なんという端麗な面だち！　思わず目をみはらずにはいられなかった。とり乱れたなわ目の姿を恥じながらも、すでに覚悟したまなざしを伏せて、キッとくちびるを結んでいる。清浄そのもののようなおもわに一点の曇りさえなく、これこそ教養ある処女の美しさの極致だ。とうてい小鈴には見られない気品をおのずと備えて、春のそよ風にもたとえたいゆかしさなまめかしさ。——無残にふみにじろうとした大学の分に過ぎた野心が、むしょうに腹だたしくさえなって来た。

それにしても、どこかで見た顔。半九郎は黙ってなわ目を解き始めた。

「伊賀、何をする！」

大学がわめいた。

「この娘が変装しているようでは、ほかのふたりもあやしい。拙者がつれていって調べます」

「ならん！　ほかのふたりはかってだが、その女はわしが調べているのだ」

「酒に酔っていては危険ですからな。まあ、任せていただきましょう」

「よけいなことをいうな。ここはわしが預かっている船番所だぞ」

「船番所は女をなぐさみ物にするところではありますまい」

半九郎はいじわるく嘲笑《ちょうしょう》した。――無能なきさまなどにはこの女は過ぎ物だという
はらがある。そういえば、あれほど執念だった小鈴のことを、いつの間にか忘れている
半九郎であった。

「いったな、おのれ！」

そのけはいを自然に感じて、せっかく手に入れかけた珠《たま》を横どりされるような気がし
たのだろう、大学は悪魔のごとくフラフラと立ち上がった。

「血迷ったな、大学さん！」

半九郎の目に冷酷な色がうかぶ。

「返せ！　その女を返せ！」

正気のさたではない。いきなり百合につかみかかろうとする大学の横っつらを、半九
郎はピシリッとなぐりつけた。

「やったな、こいつ」

よろめいた大学はもう前後の考えもなく、カッとなって床の間の刀を取り上げた。

「大学さん、斬る気か?」

「斬る! 斬ってやる!」

が、腕まえでは足もとへも及ばぬ大学である。

柄《つか》に手をかけたまま、さすがに手出しはできない。半九郎の目に、無気味な殺気が漂っているのだ。ヘビににらまれたカエルのように、足が縮んでしまった。

「たいへんだ! みんな来てくれ」

主人の大事と見た中間が、不意に飛びつくようにふすまへ手をかけたとたんに、そのふすまが外から開いて、

「ワーッ」

粂助は絶叫しながら、おおげさにのけぞったのである。

「半九郎、国もとにも、たのもしい味方がそろっているようだな」

醜い争い、濁った空気に身の置きどころもなく、じっとさしうつむいていた百合の耳へ、片時も忘れられないさわやかな声が聞こえた。思わず声のほうを見上げる。

アッ! 宗匠頭巾十徳姿の梅月、――が、天神ヒゲがない。浅黒い顔のしみも、いつ

の間にかぬぐわれて、白皙《はくせき》の面だち、おうような中にも強い意力を深沈とたたえている涼しい目、疑うべくもない若殿だ。十中の八、九、死んだとばかり思っていた若殿！　しかも、あの梅月が若殿の変装だったとは！　が、それを考えている余裕は、今の百合にはない。

「若様——！」

からだじゅうの血が一時に燃えて狂わんばかり、百合は飛び立つように駆けよって、その足もとへ身を投げ出していた。人目がなかったら、そのたくましい胸に顔を埋めて思いきり泣きたい。こんなに死ぬほどの苦労をしているのはだれのため、それならそれとなぜ船の中ででもたったひと言打ち明けてくれなかったのだろう？　恨んでやりたい責めてやりたい。いや、それにも増してうれしいのだ。もういつ死んでもいいと思う。知らず知らず涙があふれてきた。

「おお、若殿——」

一瞬半九郎はギョッとした。ずいぶん思いきったことの好きな若殿だが、まさかたったひとりで、こんなところへ現われようとは、さすがに思いがけない。——そうか、思い出したぞ、あの巡礼姿は伊織の娘百合、そういえば、小梅の下屋敷では百合之助としてついていたはず。

「これはこれは、ようこそご無事にてご入国、存ぜぬこととは申せ、お出迎えもつかまつらず、失礼いたしました」

半九郎はたちまち冷静に返って、いんぎんに座についた。――飛んで火に入る夏の虫、しかも二匹まで網にかかろうとは、意外なもうけものである。

「伊賀、だれだ、あれは！」

あっけに取られていた大学が、小声になってきく。

「江戸の若殿新之助君にござります。おすわりなさい、大学さん」

「なに、若殿――？」

ハッとして見直したが、おのずと備わる天禀《てんぴん》の威にうたれて、大学はしぶしぶとすわる。すわりながら、

「すると、あの娘は――？」

まだ百合が思いきれぬらしい。

「江戸家老神島伊織殿の娘百合、あきらめたほうがいいな。お命がけの道中にさえ手放

しかねてのお供、若殿のお情けがかかっていたのでは、家来の手はとどかぬ」

聞こえよがしに嘲笑《ちょうしょう》する半九郎、——急に忿怒《ふんぬ》が燃えてきた。跡目さえこっちのものになれば、命までもとは考えていなかったのだが、百合を見てしまった今、どうもそうはいかぬ。激しいしっとを感じるのだ。


「若殿には、宇都谷峠以来おそろいのご道中でございましたか？」

「そんなことは、そちのほうがよく存じているだろう。宿場々々の手配り、さすがは半九郎の采配《さいはい》とほめてつかわす」

あざやかにかわされて、しかもその采配の裏をみごとにかかれているのだ。一言もない。

「いや、てまえどもがおケガのないようにと、陰ながら手配りつかまつりましたのは、若木家の若殿としてのお身の上、——まさかに、江戸の俳諧師梅月とにせめくらの巡礼娘が、ご当主様ご重体のお見舞いをかこつけて、みだらがましい旅寝の夢をたのしんでまいろうとは、思いも及びませんからな」

負け惜しみながら、思いきった憎まれ口だ。

「無礼でしょう、半九郎」

たまりかねて百合がすわり直った。身の恥ずかしさより、志すぐれた潔白の人に対して、不義の汚名は申しわけない。

「若様は若様、百合は百合、きょうまでずっと別々の旅です」

「さよう、別にだれも見ていたわけではありませんからな。——江戸家老神島伊織殿の陰謀がかく明らかになった以上、失礼ながら、お覚悟願わなければなりません」

半九郎は正面を切って、たいへんなことを言いだした。

「父の陰謀——?」

百合は目をみはった。

「さよう。ご当主様はお国もと万之助君にご家督ありたき旨、このほどより再三江戸表へ申し達してあります。ひとり伊織が反対しているのは、おのれの娘を若殿におしつけ、藩政を自由にしたい、そういう野心があった。——さればこそ、このたびのおふたりのご道中、伊織殿にとっては思うつぼだったでしょう。いや、親子なれあってのみごとなしばい、感服のほかござらぬ」

底いじ悪く冷笑をうかべながら半九郎はことさらにみずみずしい百合の姿を見まわす

のだ。

「無礼な！　百合に、百合にそのようなよこしまな心が――」

思いがけない言いがかりである。正直な百合は何と答えていいのか、思わず絶句してしまった。

父にも自分にも、そんな野心はむろんあるべきはずはない。自分がこうして慕ってきたのは、ほんとうの若殿ではなく、桃太郎侍その人だといえば、一言で明白になることだが、それがいえないのである。いえないとすれば、ほかに弁明のしようはない。つつましかるべき女の身で、ただ一筋に恋いこがれ、前後の考えもなくお跡を慕って来たのが悪かったのだ。自分ゆえに、あらぬ汚名をきせては、父にもこの人にも申しわけがない。

「若様、百合の心得違い、どういたしましょう」

つい、娘心の思案にあまって、泣き伏してしまった。

「なるほど、美人には、そういう手もありますからな」

半九郎は追撃の手をゆるめなかった。ここでふたりに不義陰謀の名を負わせられれば、これに越したことはないのである。

「半九郎、弱い女子など、そうひどく責めぬものじゃ」

若殿がおっとりと口を入れた。

「男は男同士ということがある」

「御意」

まさに一本である。半九郎は挑戦《ちょうせん》するように向き直った。

「江戸以来の道中すごろく、おもしろかったぞ。おかげで、退屈することもなく、どうやら上がりに近くなった」

「さようにござります。失礼ながら、このすごろく、半九郎の勝ちにござりましょうか」

「賽《さい》を振ってみねばわかるまい」

若殿は平然としてわらっている。死地に入りながら、こういうのを大名気質というのか、無神経というのか、半九郎はムラムラッと冷酷な敵愾心《てきがいしん》をあおられてきた。

「若殿がお待ちになっている賽の目というのは桃太郎侍のことでございましょうな」

「なんだ、その桃太郎侍と申すのは？」

「呉服商伊勢屋久右衛門下男伊之助と名のって座敷牢の錠を破った男、おおかたその辺に隠れているのでしょう」

「ほう。――まあよい。そちの賽の目は？」

「お目にかけましょう」

半九郎は堅くなっている大学に目くばせした。心得て大学が床の間の鈴を鳴らす。

「夜詰めの者を呼ぶのか？」

「御意。ご窮屈でも、しばらく楽屋入りを願わなければなりませんでな」

廊下に人の足音がする。

「若様――！」

ハッと百合はひざ立ちになって、われにもなく若殿のそでにすがりついた。

ふすまがあいた。

「アッ」

半九郎が驚愕《きょうがく》の目をみはる。顔を出したのは意外にも、上島新兵衛と小ダルマの助之進であった。

「若殿、お申しつけのご乗馬のおしたくができましてございます」

飛び立つような喜びの目を輝かして、声さえはずんでいる。

「うむ。——半九郎、どうやらこの目はわしのほうへ出たようじゃ。いずれ改めて、上がりの賽を争おうぞ」

その若殿のおうような顔を、半九郎、無念そうにじっとにらんでいた。

虎穴

「ひでえや、だんな」

　あとでサルの伊之助が恨んだ。

「江戸の梅月だなんて、それならそうと、なぜあっしにだけでも打ち明けてくれなかったんです。宇都谷峠の谷へ落ちたと聞いたんで、どんなに心配したかしれやしねえ。そりゃまあいい。あっしはどんなことがあったって、だんなはめったに死ぬような人じゃない。きっと生きていなさると信じていたからいいが――はじめて会ったのは、たしか岡部の宿《しゆく》でしたっけね。いきなりお嬢様のにせめくらを見抜いたようなことをいわれた。驚いたのなんのって、あっしはてっきり敵の回し者か肩書きのあるぬすっとと思ってしまった。けど、お嬢様のにせめくらは役者がへただったが、だんなの梅月はうまく化けましたね。あっしでさえ、ちっともわかりませんでしたぜ」

「そうだろう。あれはほんとうの役者にくふうしてもらったのだ」

桃太郎侍はわらった。

「へえ、ほんとうの役者にね」

「きさま、岡部の宿で、旅役者のことをきいていたではないか」

「そうそう、あの晩峠越えをして、半九郎の網にひっかかったってえやつ」

「あれを捜そうとしたのは、さすが伊之助だ。――わしは斬った敵と重なるようにして谷底へ落ちたが、一度木の枝ではずんで落ちたので、かすり傷ぐらいしか負わなかった。で、急いで敵の死骸《しがい》を人目につかぬ穴の中へ隠しておいて谷を抜け出した。そこへあの旅役者の連中がブツブツいいながら通りかかったのだ」

「わかった。その連中に頼んで、いっしょに逃げたんでしょう！　ことによると、そうじゃないかと、あっしも考えたんです」

「うむ。別に、たいした傷はないが、足が少し痛む。あとで調べてみると、右のふとももを弾丸《たま》でかすられていた。ちょうど、あの連中が岡部でしばいをしているというので、頼んでその小屋へ三日寝さしてもらったのだ。座がしらというのが江戸の男でな、すっかり長兵衛《ちょうべえ》をきめこんで、よくせわをしてくれた」

「嵐鶴十郎とかいいましたね。なるほど、本職に習った変装じゃかなわねえわけだ。それから金毘羅船で出あって、座敷牢ときた。あっしが船着き場へ脱け出してちょうちんで合図をすると、船の中から出て来たのが上島さんたち四人でしょう、――いきなり、若殿はどこにおいであそばすと取り巻かれちまった。さあ、あっしにはわからねえ」

「そうだろうな。あの四人には、金毘羅船へ乗る前に、船頭に金をやって船底へ隠してもらえと手紙でいってやったのだ」

「そうなんですってね。だから、ちょうちんで合図をしろとおまえにいいつけたのが若殿だというんでしょう。それでも、まだあっしにゃよくのみ込めない。のみ込めねえがお嬢様のことが心配になるんで、四人を案内して木戸の番人を縛りあげ、船番所へ来てみると、夜詰めのやつらはうまく酒を飲んでくれたから、みんな伸びている。伸びていねえ下郎は四人のだんなが当て身を食わして、早いとこウマをぶんどってしまいました」

その中の一頭は、伊賀半九郎が主膳の寮から乗って駆けつけたやつで、――夜詰めの者は倒され、馬は敵にとられてしまう。その夜の半九郎はさんざんの敗北であった。が、敗北と知って見苦しく悪あがきをするような男ではない。

「さすがに、おみごとでございますな。半九郎め、お玄関までお見送りつかまつりましょう」

あおくなって震えている大学をしりめにかけ、ゆうゆうと玄関まで送って出た。相手は百合に伊之助を加えて七人、——やるならやってみろ！　といわぬばかりの半九郎のつらがまえである。

「半九郎、見送り大儀」

若殿はおうように会釈して、——玄関先にひき出してあるのは、半九郎が乗って来たのを加えて四頭。これに七人が乗って、船番所から城内へ急報が届く前に、三の丸内の城代家老右田外記の屋敷まで駆けつけなければならない。

「百合、これへ」

ひらりと一頭にまたがって、上から若殿は百合のほうへ手を出した。

「はい」

恥じらいながらそばへ寄るのを、身をかがめてすくいあげるように軽々とくらつぼの前へ抱き上げ、

「五郎太、道案内いたせ」

りんぜんと命じた。

「ハッ」

答えて橋本五郎太が先駆する。

次は若殿と百合。

「駆けさせるから、落ちぬようにしっかりつかまっておれよ」

「は、はい」

百合はたくましい胸にすがって、人目を避けるように顔を伏せる。――半九郎がじっとその姿をにらんでいた。

続いて上島新兵衛と、のっぽの大西虎之助。

残りは小ダルマの助之進に伊之助だ。

「ねえ、だんな」

伊之助が助之進の腰につかまりながら呼ぶ。うれしくてしかたがないのだ。

「どうも、たいした殿さんでござんすね」

「うむ。お勇ましくいらせられる」

「ただ勇ましいだけじゃござんせん。どうです、今夜の計略は。伊賀半九郎ってやろう、手も足も出なかったじゃございませんか。えへ、ざまあ見ろってんだ。――それに、だんな」

「うむ」

「お百合様の顔ってありませんでしたぜ。無理はありやせん。おひとりでもあとを追いかける、死んだってかまわない――」

「これ、若殿のおうわさは口にするな。恐れ多い」

「へえ、恐れ多うござんすかね。けど、ほめるんだからようござんしょう。どうもたいした大将だ」

「舌をかまぬようにしゃべれよ」

聞いていて助之進も決して悪い気持ちではないのだ。意外な若殿の出現、しかもみごと難関を突破して今や敵の牙城へ迫ろうとしているのだ。

(ただ少しご気性がすぐれすぎる)

やむをえなかったにせよ、とかく自分の力量に頼りすぎて、なんでもひとりでなさろうとするのが、家来としては心配の種なのだ。

こうして、夜の城下を疾駆《しっく》した四騎七人は、無事に外記の屋敷へ着いた。それとわかると、今まで沈黙を守っていた忠義派の者が続々と右田邸へ若殿のごきげん伺いに出る。

二日、三日、四日と表面はまだなにごともないが、ここに国もとは確然と忠義派と陰謀派の二つに対立して、双方油断なく時機をうかがっている。

どっちからも思いきって手の出せないのは、——陰謀派は当主を擁して本丸を占拠している。若殿が病気お見舞いを申し出ても、むろん、ご重態と称して対面はさせまい。

(困ったものだな)

国もとへ乗りこんだうえは、一挙に悪人のしまつをつける気でいた桃太郎侍は、ちょっとあてがはずれて、ジリジリしてきた。

「若、ご短気はなりませんぞ」

おまけに外祖父にあたる外記が——この人のために自分は千代につけられて捨てられたのだが、にせ若様とは気がつかず、老人の大事取り、始終つききっている。少しも自由を許さない。

見ぬうちこそ、この老人を憎んでいた桃太郎侍だが、こうして会ってしまえばやはり肉親である。心から大事にされると、今までほかの者に対して取ったようなかってきままもできかねるのである。

若くて活動的な桃太郎侍にとって、窮屈なにせ若殿の生活は、どうも性に合わない。日ごとにゆううつになりながら、きょうも昼から泉水のほとりのあずまやへのがれて来た。

さようしからばと、いちいちおじぎをしなければ物をいわない律義《りちぎ》な家来たちに一日じゅう見張られていると、全く肩が凝ってくる。近習たちにしてみれば、むろん見張るなどという考えでは毛頭なく、むしろたいくつをさせないようにと、いっしょうけんめいいれかわりたちかわり、お相手に出るのだろうが、その近習たちの前ではうっかり冗談もいえないのだから、かえって迷惑千万である。

(なんとかならんものかな)

桃太郎侍はひとりになって、しみじみと思うのだ。早く片をつけて江戸へ帰りたい。お化け長屋の子どもたちが恋しいのである。無邪気で正直であけっぱなしで、――ずるいやつはずるいなりに、きかないやつはきかないやつなりに、みんなおもしろい、かわいい心を持っている。こっちの出よう一つですぐにその心がピンと相手に通じるのだからたのしい。

（わしのカゼを心配して、観音様へお参りにいってくれたというが）

こうして遠く離れてそれを思うと、胸が熱くさえなってくる。

結局、わしには大名は向かんのだ。氏より育ちというが、わしはやはり千代に育てられて幸福だった。――にせ若殿になってみて、桃太郎侍は心からそう考えるようになった。

「だんな――！」

ふっと、どこからか呼ぶやつがある。ここでだんなと呼ぶのは伊之助よりほかはない。

「伊之助か？」

「へえ。そこへいってもようござんすか。だれも見ちゃいませんか？」

「うむ、だれもおらん、さしつかえない」

返事を聞いて、中間姿の伊之助が横手の茂みの中からそっと出て来た。

若殿が中間とじかに口をきく。そんなことはできないのだ。だから、江戸から百合について来た中間として一つ邸内にいても、伊之助はめったに桃太郎侍の前へは出られないのである。

「フフフ、若殿なんてものは、思ったより不自由なもんでござんすね」

伊之助は笑いながら、あずまやのすみへうずくまった。——だんながりっぱな若殿になっているのを見るのは悪い気はしないが、こう会うのに不自由しちゃつまらないと、いささか不満なのだ。

「不自由よりたいくつで困る。わしは今、ひとりで長屋の子どもたちのことを、思い出しているところだ」

「そろそろ恋しくなったでしょう、江戸が?」

「うむ」

「そう来なくちゃおもしろくねえ。若殿のほうがおもしろくなったなんていうようじゃ、あっしはだんなを、けいべつしようと思っていたんだ」

相変わらず愉快な男である。この男と話していると、桃太郎侍は不思議にたのしくなるのだ。

「けどね、だんな」

伊之助がちょっと真顔になった。

「あっしは少し心配なんだ」

「何が？」

「あの人は、どうも当分長屋のおかみさんにゃなれません。まあ、あっしがついているから、だんだんによく教えておくが、米の値段は知らねえし、質屋を知らねえし——このあいだなんか、もう一軒借りていただかないと、ばあやや女中のやすむところがありません、とおいでなすった」

「それは、だれのことだ」

「だれのことって、お百合様でさあ。おふろはどうするんだってきくから、銭湯へ行ってみんなといっしょにはいるんだというと、着物を脱いでですかって、変な顔をするんだ。どこの国に着物を着たまま銭湯へはいるやつがあるもんか。あっしのほうがよっぽど変な顔をしちまいましたぜ」

「なんで、お百合さんがそんな心配をするのだ」

桃太郎侍はまゆを寄せた。

「おや、変なことをいいますね、だんな」

伊之助が、顔色をうかがうように見あげる。

「だんなは、ちゃんとお百合様と約束したんじゃないんですか？　お百合様は、ほんとうにしてますぜ。江戸へ帰ったら、お嫁にゆくんだって」

「――――」

泉水でコイのはねる音がした。

小梅の下屋敷の穴倉で、そんな話に触れたことは事実だ。百合の心がわからない桃太郎侍でもない。が、いかに当人同士がそう望んでいても、お互いにはお互いの生活があり、境遇身分があるのだ。一生を陋巷《ろうこう》に朽ちようと覚悟している自分に、一藩の家老の娘が嫁に来られるものではない。

だいいち、親が許すまい。かりに許したとしても、当人自身、伊之助がいうように長屋の生活になれ、満足して生きて行けるだろうか？　夢を追っているうちは、未知の世界にあこがれる、そんな気持ちで知らない長屋の生活がおもしろくも、美しくも見えるかもしれない。が、いざ実際に当たると必ず幻滅が来る。恋だの、好きだのということだけでは、なかなか実生活は乗りきれない。むしろ実生活はえて、恋だの好きだのという感情をすぐ破壊し去るものだ。

つり合わぬは不縁のもとという、できるならば武家生まれは武家へ——そう思っている桃太郎侍なのだ。百合自身の幸福のために、先の先まで考えている桃太郎侍なのである。

「あまりそんな話相手にはなるな。今から、まだ早い」

「へえエ、はようござんすかね。あっしはまた今から教えておかねえと、あとで当人がまごつくだろうと思いましてね。——それにお百合様、その話だと急に元気になるが、やっぱり心配してるんでさ。家だって黙って出て来ちまったんだし、これからだんなの身はどうなる、事件はどう片づく、そんなことを考えると、ほかに話相手はなし、心配で心細くてたまらねえんでしょう。つい、あっしはかわいそうになって」

「いや、早くなんとか片づいてくれぬと、わしも少しかわいそうだ」

「おっと、いけねえ、肝心な用を忘れるところだった」

伊之助は、思い出したように懐中へ手を入れた。

「何だ」

「いいえね、妙なことがありましたんでね」

「妙なこと——？」

「けさ、あっしがお屋敷の門のそばに立っていると、浪人者らしいやつがそばへ寄って来ましてね、——きさまは右田家の中間《ちゅうげん》かってきくんです。そうだというと、では、この屋敷に伊之助と申す江戸から来た中間がいるだろうっていいやがる」

「うむ」

「そりゃあっしだが、何かご用でござんすかってきくと、そいつがこの手紙を出しましてね、これを若殿にさし上げてくれ、しかと頼むぞといって、名もいわずに行っちまったんです」

「ふうむ。——どれ、見せろ」

「あっしは、取り次ぎなんか頼むより、こいつは何かいわくのありそうな手紙だ、じかにだんなに手渡ししたほうがいいと思いましてね」

伊之助が差し出す白封筒を受けとって、桃太郎侍は静かに封を切った。

早速ながら坂東小鈴儀、このたび寝返り者と判明つかまつりそうろう条、今宵《こよい》四つ(十時)を合図に成敗つかまつりそうろう。ご希望あらば生前一目お会わせつかまつるべく裏門よりお忍びなされたくそうろう。もっとも、たってとは申し上げずそうろう。

達筆に書き流してはあるが、これにはあて名も署名もない。

「ふうむ」

桃太郎侍は何度となく、同じ文面を読みかえした。この手紙の裏に隠れているなぞを解こうとして――。

「だんな、なにが書いてあるんです。どこから来たんです」

いつまでも手紙から目を放さぬ桃太郎侍の鋭い顔を見上げて、伊之助は、がまんしきれずに、きいた。

「うむ」

桃太郎侍はやっと顔をあげた。

「まあ、読んでみろ」

いきいきとして明るい顔である。何かを決断した時の、――いってみれば、よき敵を得て闘志にあふれて来た時にのみ見られる例のほれぼれとさせられる男性的な顔なのだ。

こいつは油断できないと、伊之助は思った。

手紙を受け取って読んでみると、簡単ではあるが、なるほど、たいへんなことが書いてある。

「半九郎のいたずらですね、だんな」

署名はないが、伊之助にもすぐわかった。

「うむ、半九郎だ」

「バカにしてやがる。だんなを呼び寄せようっていうんでしょう?」

「そうらしい」

「こんな子どもだましみたいな手に乗ると思ってるんですかね。小鈴を成敗する、――ふん、かってにしやがれだ。こりゃ口実ですよ」

「そうかもしれんな」

「だいいち、あのやろうに小鈴の成敗なんかできるもんですか。だんなに首ったけの女と承知で、わざわざ丸亀くんだりまでひっぱって来たんじゃありませんか。まさか、行きやしないでしょうね、だんな」

「伊之助。きさま、それはだれに来た手紙だと思うのだ」

桃太郎侍は、ふっと意味ありげにわらう。

「だれにって、だんなに来たんでしょう？」

「きさまは浪人者から、それを若殿に渡してくれと頼まれたと申したな」

「へえ」

「桃太郎侍にというのなら話はわかるが、若殿が小鈴にどんな関係がある。――しかも、こんな手紙をよこして半九郎が引き出したいのは若殿なのだ、桃太郎侍ではない」

「なるほど」

小鈴に何の関係もない若殿が、こんな手紙で引き出されるはずはない。では、なぜ半九郎がこんなものをよこしたのだろう。

「さあ、わからねえ」

伊之助は変な顔をして、もう一度手紙を読み返してみた。

「なるほど、こりゃ桃太郎侍に読ませるような文面でござんすね」

「そうだ。――まだわからんのか？」

「へえ」

「半九郎は若殿と桃太郎侍を同じ人間と見ぬいたのだ。にせ若殿が露見したのだ」

「エッ?」

「少なくとも、そうではないかという疑問を持ったことは確かだな。だから、そんな手紙を書いてみる気になった」

「つまり、この手紙でうっかりノコノコ出て来たところを、にせ者ッとしっぽをつかむ気なんですね」

「まず、その辺だろうな」

「あぶねえ！　けど、どうして、にせ若殿っていう見当がついたんでしょうね。それを知ってるなあ、あっしとお百合様——、そうか、だんな、ひょっとすると、小鈴かもしれねえ」

「いや、あれはそんな女ではない。たとえ拷問《ごうもん》にかけられても、白状はすまい」

「あっしもそんな気がするんだが——」

あのお化け長屋で桃太郎侍をにせめくらにして、だましてすっかり本性を見せられて以来、小鈴を見直している伊之助である。やっぱり疑うのはかわいそうだと思った。

「でないとすると、どこからばれたんでしょう」

どこからわかったにしても、にせ若殿が露見したとなると、とうてい命は助からない。だいいち、味方が承知すまいと、伊之助はあおくなってしまった。

「これはわしの想像だが――」

桃太郎侍が英知に輝く目を静かにあげた。

（大将、落ち着いていているぜ）

と、伊之助はたのもしくもあるが、事が事だけにやっぱり落ち着けない。なにをいい出すかと目をみはっている。

「半九郎は、百合のにせめくらの細工を見てしまった。あるいは桃太郎侍の眼病もそれではないかと気がついたに違いない。では、桃太郎侍はなぜそんなまねをする必要がある――一方、どうしてもあの晩船番所へ若殿といっしょに来ていなければならない桃太郎侍が、姿を見せなかったばかりでなく、きょうまで丸亀の地を踏んだ様子さえない。万一、鞠子の宿からほんとうに江戸へ引き返したとすれば、小鈴が黙っておとなしくついて来るはずはあるまい。――もう一つは、百合についていた伊勢屋の下男伊之助というのは、お化け長屋で、桃太郎侍の世話をしていた伊之助とわかった。半九郎ほどの奸《かん》知《ち》、そこまで考えて来れば、もしや若殿と桃太郎侍とは同一の人物つまりにせ若殿ではあるまいかと、一応は疑問を持ってみずにはいまい」

「なるほどね」

「そこで、若殿が桃太郎侍だとして、あらためて事件の推移をもう一度考えてみるのだ。若殿が毒に当たった朝、百合がお化け長屋に桃太郎侍を尋ねている。六郷の渡しでの早替わり、進藤儀十郎を裏切り者として身代わりにたてた細工、宇都谷峠をひかえての小鈴とのいきさつ、桃太郎侍が若殿と二役つとめていたと見れば、全部のみこめてくるはずだ。――それがこの誘い状になったものだ」

「すると、だんな、半九郎のほうじゃ、まだおおかたそうだろうっていう想像だけで、ほんとうにそうだという証拠はつかんじゃいないんでしょう?」

伊之助が乗り出した。

「うむ。この手紙で判断するとそうだな。きょうまでその証言のできる者は、向こうには小鈴しかない。小鈴を責めてみたが、どうしても白状しないので、こんな誘いをかけてみた。これでつり出されるようなら、いよいよにせ若殿と断定するつもりだろう」

「だからだんな、それほど敵のはらがわかってるんだ、まさかつり出されやしないでしょうね」

「いや、わしはつり出されることにした」

　こともなげに桃太郎侍はほほえむのだ。

「冗、冗談じゃねえ。何もこっちからにせ若殿でございと名のって、火の中へ飛び込まなくたって――」

「いや、小鈴を見殺しにはできぬ」

「え？」

「申してみれば、かってに自分から事件の渦中に飛び込んで来た女ではあるが、しかし、それは一つに、わしあるがゆえであった。危険だからといって手をつかねて見ているることは、わしの心が許さぬ」

「――」

　その気持ちはわかる。その俠気《おとこぎ》があるからこそ、こうして桃太郎侍にほれ込んでいる伊之助なのだ。引き止める理由がない。

「畜生、あいつがよけいな心中立てをしやがるから、こんなことになっちまうんだ」

　いまさら小鈴の女心が腹だたしくさえなる。

「それに、一度にせ若殿と疑問を持たれた以上、ぐずぐずはしていられぬ。敵がどんなわなをかけておくか、かかると見せて一挙に勝敗を決してみよう。成る成らぬは天命だ。虎穴《こけつ》にはいるのは、江戸を出た時からの覚悟だからな」

「だれとだれをつれて行くんです。大西さん、杉田さん、上島さん――」

「いや、ひとりで行くよ。味方ににせ若殿の仮面をはがれるところを見せて、失望させたくない。――伊之助、だれにもいうな」

「へえ」

「きさまには、あとで頼みたいことがある。にせ若殿と露見したあかつきの、お百合さんの身の上を考えておいてやらなければならんからな」

そうだ。たとえお家のためとはいえ、にせ若殿を承知で作りだした伊織親子、これも問題にならずにはいまい。伊之助は心が寒くなって来た。

その夜、早目に寝所へはいった桃太郎侍は、約束の時間まで短くはあったが、ぐっすりとよく眠った。

勝っても、負けても、おそらくこれが若殿としての最後の夜になるであろう。

勝てばその足でひそかに江戸へたって、伊織に委細を報告すれば役目が済むのだ。

負ければ、――むろん命はない。その時の用意に右田外記にあてた手紙を書いて、証拠の貞宗のわきざしといっしょに伊之助にあずけた。手紙にはおのれの出生を明らかにしてある。貞宗のわきざしは、外記が自分を千代に託したおり、せめてもの守り刀として、右田家重代の家宝の一つを添えてくれたのだという。

「夜明けまでにわしが帰らなかったら、これを外記にさし出せ」

と、伊之助にいいつけておいた。

自分の素性が知れれば、たとえにせ若殿が露見しても、伊織親子の責任が幾分かるくなるだろうし――なんといってもそこは外祖父のこと、手紙に書き添えたお俊の遺児仙吉の将来、伊之助の今後のことは、外記が相当の考慮をしてくれるに違いない。自分としては、ほかに何も思い残すことはないのだ。

こうと覚悟がきまれば、すぐれた精神力の持ち主である。決して寝そびれたり、寝すごしたりするようなことはない。四つ少し前に、ちゃんと桃太郎侍は目をさました。手早く身じたくをすませて、そっと寝所を忍び出す。

外は初冬に近かったが、南国の暖かい星が美しく輝いていた。邸内はすでに寝入った時分、ひっそりと物音一つしなかった。

（ことによると、生まれた土地へ骨を埋めることになる。――いや、骨はさらされるか

もしれん）

桃太郎侍は不思議な気がした。

若殿としてこの屋敷に生まれながら、この屋敷に成長することを許されず、一度は江戸の陋巷《ろうこう》に捨てられた身が、意外な事情から、にせ若殿として故郷の地を踏み、この屋敷に起臥《きが》する身になって、いままたここを出る因縁の深さを思わずにはいられない。

（因縁といえば、——江戸の兄のその後の病状はどうなったであろうか）

ふと、自分と同じ顔の人を、まぼろしのように思い浮かべてみる。

きっと生きているに違いない。——なぜかそんな気がして来た。同じ母の胎内にあって、同じ魂と、同じ血とを分けて来た兄弟だ。双生児は一方の喜び、悲しみがすぐ通じるものだという。その弟の自分が、なぜか兄は生きているような気がするのだ。——必ず生きているに違いない。

（生きているとすれば、その兄のために戦いに行く。死んでも兄は残るのだ。このからだの一方が残るのだ。思いきって戦え）

喜びにも似た勇気が、闘志が、強く腹の中からわきあがって来た。

泉水の緑の植え込みを回って、やがて裏手の林へかかっていた。この雑木林の奥に裏木戸がある。伊之助がちゃんと錠をあけておいてくれたはずだ。

「――！」

桃太郎侍は、はっとそこへ立ち止まった。行く手の木陰に、ほの白い顔が立っている。

「百合――！」

どうして今夜のことを知ったのだろう。百合がただひとり、ひしと双のそでに胸を抱いて、こっちをみつめているのだ。星あかりにも白々としたあおい顔、気のせいか憔《しよう》悴《すい》して、無言の目だけが火のように燃えている。

「若様――！」

激した感情のあらしを危うく制して、百合はやっと、あえぐように呼んだ。

「お恨みでございます、若様」

ほおへ、せきを切ったような大きな涙がスーッとあふれ出て、留めどなく――が、ぬぐおうともしないのだ。

「伊之助から聞いたのか、お百合さん」

桃太郎侍は静かに百合をみつめた――むろん、それに違いない。いわば死線へ飛び込んで行くかどで、百合をちゃんと自分に結びつけて考えている伊之助としては、一日別れを惜しませる、そんな気にならずにはいられなかったのだろう。

「若様は、若様は、そんなにたよりない百合とお思いになっておいであそばすのでございましょうか？」

「――？」

「伊之助が教えてくれなければ、黙って行っておしまいあそばす。そのお心が、悲しゅうございます」

こんなに身も心もささげているのに、まだ隠しだてをする、それが百合にはくやしいらしい。

「いや、よけいな心配をかけたくなかったのだ」

「いいえ、心配はいたします。心配はしても百合は若様の仰せにどんなことでも、さからいはいたしませんのに、――なぜ、打ち明けて心から心配させていただけないのでございましょう」

「わかった、お百合さん」

桃太郎侍は率直に百合の肩に手をおいた。——お姫様、今夜は案外強硬である。それだけ思い詰めているのだ。命にかけて慕ってきた深い娘心、それを無視して、黙って死を賭《と》しに行こうとしたのは、あまりにも無慈悲であったかもしれぬ。

「わしが悪かった。今夜のことは江戸を出る時からの念願、伊織殿との約束を、果たしに行くのだ。決してお百合さんのことを忘れていたわけではないさ。——さあ、こう打ち明けたからは、もうそうすねないで笑って見送ってほしいな」

明るくいって、その肩をゆする。

「若様——！」

百合はいっぱいに涙にぬれた目を見上げて、

「わたくし、覚悟しております」

打ち明けられて気はすんだが、むろん笑うような軽い心にはなれようはずもない。

「覚悟——？」

「はい。若様に、もしものことがございましたら、百合も生きてはいません。お心のすみになりと、いれておいてくださいませ」

それがせいいっぱいの別れのことばなのだろう。そして返事を待っている。生きているうちにひと言呼んでもらいたいことば、それを待っているのだ。必死の目が悲しげに訴えている。

が、今それをいってはならないのだ。

「お百合さんは、まるでわしが死にに行くようなことをいう」

桃太郎侍はわざと軽くかわして笑った。

「わしはそんな弱い男ではない。安心して待っていてもらいたいな」

「でも――」

「でも、死ぬような気がしますか? そんな不吉なことを考えるものではない。男のかどで、男が命にかけて戦いに行くかどでに、めめしく泣いてはすむまい」

「――!」

さすがに、はっと気がついたらしい。

ただ父伊織との約束を重んずる武士の心意気一つで、なんのゆかりもなく、生死をかけて戦いに行く人だ。泣いてはすまぬ。わがままをいってはすまぬ。それほどこの人を心から慕っているなら、黙って生死を共にすればいいではないか。それが武士の娘、侍の妻としての心がけではないか。――百合は心に恥じた。

「もう泣きませぬ、若様。百合は神かけて――」

ご無事を――といいたかったのだが、突然新しい涙が泉とあふれて来て、やっぱり泣かずにはいられない。われにもなくワッと男のたくましい胸の中へ顔をうずめてしまった。

「お許し、――お許しあそばして」

その嗚咽《おえつ》する肩をそっと抱いてやったのは、深い愛情へのせめてもの心やり、――が、いつまでそうしていたとて尽きる涙ではないのだ。

「いって来るぞ、お百合さん」

桃太郎侍はやがて、決然と身をしりぞいた。


地に泣きくずれた百合、その傷心の姿を強くふりすてて屋敷を出た桃太郎侍は、人足の絶えた侍小路をいくまがり、やがて鷲塚主膳の裏手へかかった。

ちょうど四つの鐘をつき始めている。

(時刻は敵の注文どおりだ)

さて、どんなわなが設けられているか、築地塀《ついぢべい》の上からうっそうと樹木の枝のおおいたれている邸内は、森閑として想像すべくもない。

どこかで犬のしきりにほえる声が、遠く耳についた。塀《へい》についてしばらく行くと、壁に切り込んだがんじょうな押しとびらが目についた。

手紙にあった裏口というのがこれなら、必ず錠ははずれているはずである。

(地獄の門――)

桃太郎侍は不敵な微笑をうかべて、なんのちゅうちょもなく押して、苦もなく内側へ開く。

雑木林が視界をさえぎって見とおしはつかぬが、あたりはひっそりと人のけはいさえない。

(珍客を出迎えぬとは、礼儀を知らぬ野人どもだな)

しかし、出迎えはなくとも、そこからつま先のぼりの小道が一筋、木の下やみを縫って、おそらく奥庭へつづくのだろう。遠慮は無用だ。

林を縫ってゆるい勾配《こうばい》を登りきったところで、小道がふたまたにわかれていた。

誘い状をよこすくらいだから、なにか道しるべがあるはずである。見まわす目に、ポツンと意味ありげな灯が右手の林の中にまたたいているのが見えた。

（ほう、味をやる）

小屋か、物置きか、いずれにしても裏切り者を監禁しておく離れ家、そこで対面させようというなぞの灯に相違ない。

なわ目にかけられた小鈴の、青め苦にやつれた姿が目に浮かんで来た。冷酷無残、鉄のごとき伊賀半九郎である。ほれた女であろうと、味方であろうと、意に従わなければ、どんな思いきったことをするかわからない。

しかも、相手はあのいじっぱりな小鈴だ。

せせらわらって、決してすなおに白状などするはずはないから、あらゆる拷問《ごうもん》にさいなまれたことだろう。

どんな姿で一目会わせてくれようというのか？――さすが桃太郎侍はひきつけられるように足を速めていた。

（はてな――？）

近づくにしたがって、それは案外風雅に建てられた離れ家とわかった。ちゃんと柴折《しお》戸《ど》までつくられている。なるほど、ここは小高い丘の上だ。南に夜の海が一望に見渡せるのである。空一面に星が明るく美しかった。

(風雅のために建てた小座敷、——こんなところへ裏切り者を入れておくほど人情のあるやつではない)

いささかあてがはずれて、桃太郎侍は灯の明るい庭先のほうへまわっていった。

足音を聞きつけたか、スルリと障子が一枚あく。

「伊賀さん——?」

庭をすかして見るようにして、アッと一瞬立ちつくしたのは小鈴だ。無残ななわ目の姿ばかり想像して来た目に、——結いたての髪、薄化粧、湯上がりかと思う投げやりなふだん着姿の帯もゆるやかななまめかしさ。これはまた武家娘にはない不思議な魅力である。

「——?」

桃太郎侍も驚いたが、それより驚いたのは、むしろ小鈴のほうだったろう。

「いけない、桃さん!」

「シッ」

「いけません、若様!」

度を失ってあたりを見まわしながら、なつかしさもなつかしいというように、いきなり縁端へ走り出て来た。

小鈴にはわからない。——どうして若様が、いや桃さんが、自分からこんな敵の中へ飛び込んで来たのだろう！　しかも、たったひとりで。

若殿が伊織の娘百合をつれて、城代家老右田外記の屋敷へ着いたことは、小鈴もすぐ聞いていた。

ただ人に聞いたばかりでない。それとなく自分が調べて、——百合は伊之助につれられて、若殿は江戸の俳諧師梅月と名のって、別々に道中をして来たこと、外記の屋敷にあっても、若殿はめったに百合や伊之助をそばへ近づけない、そんなことまで知っていた。

それを調べなければ、生きている心のしない小鈴なのだ。

（ほかの女にあの人をとられるくらいなら、きっと殺して自分も死ぬ）

ちゃんと心にきめている小鈴だ。

「大事を果たして江戸へ帰ったら、返事をする」

品川の宿でも、鞠子の宿でも、そう誓ったあの人のことば、——あの人は決して女をだます人ではない。また、女の色香におぼれて、身をあやまるような男ではない。それは、小鈴は堅く信じている。

それにあの人は、大事さえ果たせば、きっと江戸へ帰る人だ。大名の名や、富に執着のあるような人ではない。その男一匹が、

（こころあらば――）

と、鞠子の宿で書いて渡したなぞの文字、みすみす命の綱を自分にあずけるようなまねをして、平気でわらっていたではないか。つつましく口ではいわないが、心に女房ときめていなければ、できないことなのだ。

「だれがなんといっても、あたしの人！」

小鈴は安心しているのだ。

安心していればこそ、何かその人のためになるようにと思って、――今夜もここへ来たのだ。

「主膳が、師匠にぜひ用があるそうだ」

半九郎が迎えに来たのである。

むろん、主膳の心はわかっていた。あの夜寮で、意に従えば栄耀栄華《えいようえいが》は望みのままだ

といわぬばかりの口ぶりであった。

「江戸ご府内をあたしの庭に買ってくれれば」

しゃくにさわったから、大きく出てやった。それっきり、何度迎えに来ても、

「あたしは土地の芸者とは違います。お酒の席のごきげんはとりません」

はっきりとつっぱねて、一度も寮へは顔を出さなかった。

「今夜は酒の席ではない。主膳自慢の屋敷の離れでゆっくり師匠と茶をのみたいといってる」

半九郎がそういうので、わざとふだん着のまま出向いて来た。ふたりきりの対座なら、何か意外なことが聞き出せるかもしれない、そう思ったからである。

まさか桃太郎侍が来ようとは、夢にも思わない。しかも、まもなく主膳と半九郎といっしょに、ここへ来るはずだ。顔を合わせたら、どういうことになる？　それを思うと、恋しさ、なつかしさにも増して、恐ろしい！

「どうして若様、かようなところへ――？」

小鈴は息をはずませながら、そこへ両手をささえて、じっと男の顔を見上げた。

「心配いたすな。わしは半九郎に招かれて来たのだ」

その若殿は、もういつもの落ち着きを見せて、おうように縁先へ立ちながら、目だけに桃太郎侍の親しみをこめた微笑をたたえている。

「招かれて――?」

「うむ。そちが裏切り者と判明した。今宵《こよい》成敗するから希望とあらば一目会わせよう、裏門から忍んでまいれという、親切な書面であったのでな」

「まあ!」

わなだ。恐るべき半九郎だ。――小鈴の顔からサッと血の気がひいた。

「うそです。若様、早く帰ってください、早く!」

小鈴はあたりを見まわしながら、思わずすり寄った。

「軽はずみじゃありませんか。若様。たとえ、あたしが、あたしなんかが成敗されたって、おひとりでこんなところへ来るなんて、――帰ってください。もう主膳が半九郎といっしょに、ここへ来るころです――」

顔を合わせたらどんなことになる!　小鈴は気が気ではないのだ。

「そちは茶のしたくをしていたのか?」

若殿が妙なことをきく。

「は、はい」

「先刻そちは、わしの足音を伊賀と聞き違えたようだが、それは主膳と半九郎のために用意している茶と見えるな」

「はい」

「一服わしがちそうになっては悪いか」

「そんなのんきなことを――」

小鈴はあきれて桃太郎侍の顔をみつめた。めったに物に動ぜぬ度胸、――が、その度胸も時による。

「いや、あわてるには及ばぬ。そちはまだ気がつかぬとみえるな。わしは半九郎の招きに応じて来たのだ。生前一目そちの無事な姿に会わせてくれたのは半九郎の好意、おそらくその茶もわしのために用意させておいてくれたものと思われる。――せっかくだから一服所望しよう」

若様は気軽に縁へ腰をおろした。

「では、若様は――！」

そうか、半九郎に呼び出された人である。いまさら逃げようったって逃がす半九郎ではない。もうこの離れはすっかり取り囲まれているかもしれないのだ。それをこの人はちゃんと覚悟して出て来ている。だれのために――？　あたしが成敗されると聞いて、ただ助けたさに！

「若様は、――若様は！」

やっと事態がのみこめた。必死に見上げる目を桃太郎侍は静かに見かえして、そのりんとした目がいたわるように何かをささやいている――覚悟しろ、小鈴。そうも取れるし、死なばもろとも、そんなふうにも落ち着いている目だ。

「うれしい、若様！」

涙がぐっと込みあげて来た。小鈴はこらえきれずに、そこへつっぷしてしまう。――いやだ！　女のいじでも、この人は殺させない。どうしよう！

「いかがいたした。茶を持たぬか。――取り乱しては貴人に対して無礼、だいいちその辺にひそんでいるしばい好きの見物どもに笑われるぞ」

聞こえよがしに、若殿はたしなめた。

「大当たり――！」

はたして半九郎が暗い茂みの陰から、ヌッと嘲笑《ちょうしょう》の顔を出した。

「半九郎、みごとな筋書きだな」

若殿はニッコリ笑った。別に立とうともしない。

「いや、貴公こそ千両役者だ。江戸の若殿、実は浅草お化け長屋の浪人桃太郎侍、全くみごとなものだ」

「――！」

アッと小鈴は驚愕《きょうがく》した。――そこまで露見してしまったのだろうか？

その小鈴の顔をジロリと見てとりながら、

「六郷の渡しの早変わりといい、宇都谷峠の度胸、船番所での大しばい、バカ若殿ではできない芸当だ。しかも、右手に百合、左手に小鈴、少し欲が深すぎるぞ。どうだ、その小鈴をおとりにしての筋書き、――これでも貴公、まだ若殿づらができるか」

半九郎は勝ち誇っている。むろん、じゅうぶんの手配りがあるに違いない。数々の失敗を一挙に取りかえす。そういった喜びに燃えている冷酷なつらがまえだ。

「ほう。わしが万一、その桃太郎侍とかいう者であったら、なんとするな」

その半九郎の顔をまともにながめながら、若殿は至極おうようなものである。――この場になって、まだあんなのんきなことを。どうする気でいるんだろう。小鈴でさえ目をみはらずにはいられなかった。

「さすがは天一坊。わかりが早いぞ」

半九郎はニタリと笑った。

「こうなれば、おれも伊賀半九郎だ。こめんどうなことはいわぬ。ここに金が百両、これを路銀に、小鈴の手をとって、今夜のうちに江戸へ立ってくれ。船はこっちでつごうする。どうだ」

ふところから取り出した切りもち四つ、これ見よがしにドサリと縁先へ投げ出した。一つの封印が切れてザラザラと小判がこぼれ散る。

執念の小鈴をあっさり捨てて、金までつけて敵を許す、それがほんとうなら、悪党ながら見上げたやつだ。が、そうではあるまい。万一承知してこの金に手を出せば、それ見ろ、にせ若殿とここで取って押えてなぶり物にするか、黙って船へ連れ込まれてから料理されるか、重なる恨みをそうやすやすと忘れるような男ではない。

むろん、そんな手に乗る桃太郎侍ではないのだ。たとえ死んでも、ここは若殿として倒れなければ忠義派が総くずれになる。

「げすの知恵はどこまでもげす」

金には目もくれず、若殿は涼しく半九郎をみつめながら、

「主膳を呼べ、申し聞かせることがある」

毅然《きぜん》たる態度だ。

「なにッ！——きさま、この期に及んでもまだ天一坊をきめこむ気か？」

「口が過ぎるぞ半九郎。主膳を呼べばわかることだ。そちごとき新参者にわかることではない」

「——？」

勝ち誇っていた半九郎の顔に、一瞬疑惑の色が動いた。

「きさま、まこと若殿なら、なぜあの誘い状につり出されたのだ。若殿が小鈴の成敗などに命をかけて、そんな危険をおかすはずはない」

「わからぬ男だな。わしは若木家十万石を継ぐべき正統、おのれの居城へ立ち帰ってなにを恐れる必要がある。江戸表派、国もと派と二つに分かれても、皆わしの家来、主膳が何か心得違いをいたしておるようだから、誘い状をさいわい、こよいは所存をただし

にまいったのだ。——主膳にいいなさい。わしはひとりで来ている、恐れるには及ばぬから、これへまかり出て、とくと所存を申すよう。聞いたうえで、正しい納得がいけば、江戸の新之助はあえて家督を固執する者ではない」

静かにさとすのである。りんぜんと姿をくずさぬ態度、若殿でなければいえぬことば、——明らかに問答は半九郎の負けだ。

が、ここで負けては半九郎、二度と浮かぶ瀬がない。先刻からの小鈴の様子で見ても、たしかに桃太郎侍に違いないのだ。どのみち生かしてはおけぬやつ、どんな顔をするか最後の手段だと、はらをきめた。

「ふん、よっぽどにせ若殿に未練があるとみえるな。それほど気に入ったのなら、若殿のまま殺してやろう。——だが、今のうちだぜ、金のほうにするか、こっちがいいか？」

半九郎の右手がサッとあがる。短筒だ。

「アッ、いけない、伊賀さん！」

見ていた小鈴のほうが蒼白《そうはく》になって浮き腰を立てた。

「あおくなったな、あねご。——よかろう。もう一度あねごから頼んでみろ。桃さんと名のって、いっしょに逃げてくれとな」

「ひきょうです、伊賀さん。侍のくせに、飛び道具だなんて――」

小鈴のいえることは、ただそれだけだ。われにもなく男のほうへにじりよろうとするのを、

「動くな、小鈴！　ほれた男が助けたかったら、これが亭主の桃太郎侍だとひと言いえ。命だけは助けてやる」

あくまでも仮面をはごうとする半九郎、小鈴の苦痛にゆがんだ顔をしりめにかけて責めつける。あるいは、たまりかねて女が白状するかもしれぬと見たのだ。

「むだに夜がふける。いいか、五つ数える。白状しなければ、その五つめの声が今生の別れだ――ひとうつ」

半九郎はもう容赦なく数を取り始める。

「若様――」

いっそ素性を明かして、この場だけでものがれたら――せっぱ詰まった小鈴は、必死の目を桃太郎侍に向けた。

「ふたつ」

それをうながすように、半九郎が数える。

が、死に直面しながら、桃太郎侍はまっすぐに半九郎の目をみつめていた。振り向こうともしない。

「みっつ」

ここでよけいなことを口走ったら、それこそ、この世の縁はおろか、二世も三世も見かぎられるのではあるまいか。短筒を胸に擬されて、烈烈たる闘志を失わぬ深いまなざし、あくまでも姿をくずさぬおおらかな気魄《きはく》。

「ああ——！」

小鈴はおのれの心弱さ、未練をはじた。この人は、もうちゃんと死生を越えて、静かに天命を見守っている。なんというすぐれた天稟《てんぴん》、ほんとうの若殿にしても、これほどの殿御ぶりが、またとあろうか？

「よっつ」

われにもなく、うっとりと見ほれていた小鈴は、冷酷悪魔のごとき半九郎の声に、ハッと胸をえぐられた。

殺せない！　殺してたまるものか！　だれが半九郎なんかの憎い筒先にかけて、——

カッと逆上した手が、夢中で縁にこぼれた小判をわしづかみにして、

「いつつ」

と、いわせも果てず、

「――畜生！」

さんぜんと飛び散る黄金のつぶて！

ダーン！

同時に短筒が鋭く夜気をふるわせた。


「アッ！」

悲鳴をあげて倒れたのは、小判を投げながらとっさに死なばもろともと、桃太郎侍のほうへからだを投げかけて行こうとした小鈴だった。わずかにねらいのそれた弾《たま》に当たったのである。

「しまった！」

半九郎が一瞬動揺するすき、死中に活を得た桃太郎侍のからだが、タッと跳躍して、流星のごとくさや走った一刀、

「アッ」

あやうく飛びすざった半九郎は、体勢がくずれてドッとしりもちをついた。

「立てッ、半九郎」

むやみに飛びこめば、もろはぎを抜き打ちに払われる。踏みとまって桃太郎侍は、上段に振りかぶった。立とうとするからだのくずれを、一挙に斬って捨てる覚悟だ。

「うぬッ」

それを知っているから半九郎もうかつに立ちかねる。柄に手をかけたまま歯がみしている。

「立たなければ、行くぞ！」

忿怒《ふんぬ》に燃えている桃太郎侍、術をもってすれば斬れぬという体勢ではない。容赦なく拝み打ちに振り降ろそうとしたせつな、

「――！」

「――！」

タッと無言の槍先《やりさき》が横合いから走った。伏勢が立ったのである。

「たわけ！」

叫んだのと、流れる槍先を水もたまらず斬り払ったのと同時、

「逃げるか、半九郎！」

その一瞬のすきに、半九郎がサッと逃げ出したのだ。


ほかの者には用はない。第一に半九郎、第二に主膳、このふたりさえ斬ってしまえば、たとえ斬り死にしても男の約束は果たせるのだ。

「ひきょうだぞ、半九郎！」

追いながら、柴折戸《しおりど》を出ようとすると、

「オーッ」

「エイ」

左右から殺気をまいて白刃が飛んだ。

左右からふたり、同時に斬りこんだようでも、必ず遅速はある。

桃太郎侍は、ハッと身をひいて、右を片手なぎして、左へ猛然と体当たりをくれた。

「ワーッ」

「ウウム」

のけぞるやつ、けし飛んだやつ、振り向きもせず、

「止まれッ、半九郎」

一散にあとを追った。

が、先刻のふたまた道のあたり、ムラムラッと伏勢がたって、星あかりに白刃がきらめく。

「不忠者め、主に手向かいするか！」

桃太郎侍は叱咤《しった》した。狩りあつめられた浪人たちは知らず、藩士なら必ず動揺するはずだ。叱咤しておいて桃太郎侍は、面もふらず敵の中へ、――ただ一刀を右にたたきつけ、返して左へなぐ簡単な刀法だが、断じて行なえば鬼神もこれを避くという。

「逃げるやつがあるか、くそッ」

気勢をあげていた連中が、閃一閃《せんいっせん》、悲鳴をあげて倒れていく。

何人斬ったろうか、ふっと気がつくと、潮のひいたように、もうあたりは、ひとりの敵も見えなかった。

「半九郎！――半九郎！」

叫んでみたが、おのれの声が森にこだまするばかり、木々の枝がひっそりと、夜風に

揺れている。

いつ敵が飛んだか、乱れかかる髪を汗といっしょに払いながら、桃太郎侍は立ち止まった。今の乱刃に衣類はズタズタに裂かれて、あらめのようにさがっている。

「残念だが、一時引き揚げるほかはあるまい」

これ以上深入りしては、犬死ににになるような気がする。小鈴の生死も気になるのだ。息があるなら、なんとかして連れて脱出したい。

「かわいそうに、――生きておれよ」

思い出すと、急に気がかりになって来た。

死を賭《と》してまで思いつめていてくれた女心、なんの報いるところもなく、ふびんである。せめて、心から感謝していたのだと、ひと言生きているうちにいってやりたい。

よろめく足を踏みしめた。さすがに激しい疲労を感じている。多少傷をうけているらしい。からだじゅうがズキズキする。

(まだ敵の中だぞ)

心を励まして柴折戸の前までたどりついた。中はひっそりとしている。一足はいった

とたん、

「エイッ」

風を切ってピュンと物陰から飛んだつぶて、——決して油断していたのではない。

ハッとかわしながら右手の血刀で払うと、カラカラッ！

「しまった！」

くさりがまだ。豆ぐさりが、分銅《ふんどう》を払った刀身にからみついた。

グイと引かれて、思わず体勢のくずれたもろ足を、サッと背後から棒で払われたから、

「無念——！」

ばったりそこへ倒れる桃太郎侍。

「それッ」

声といっしょに、隠れていた人数が、ドカドカッと折り重なって、身動きもならず、なわをかけられてしまった。

「ハハハハ、やっぱり女には未練が残るとみえるな」

半九郎が立って、ぬけぬけと笑っていた。必ずここへ引き返すと見て、用意していた

奸知《かんち》、さすがに悪党である。

「伊賀、早く斬ってしまえ。こやつは尋常一様な男ではない」

高垣勘兵衛がくさりがまをしまいながら、冷たくいった。

「なんなら拙者が料理してもいい」

短筒を出す。こいつの短筒に出会うのはこれで三度め、どうも今度はのがれられぬらしい。

「まあ待て、勘兵衛」

半九郎はあわてて、その腕を押えた。——さんざん逆手をとられた恨み、ただ殺したのでは気がすまないだろう。

「いや、貴公は伊藤新十郎の昔から、その、まあ待てが悪い癖だ。自分の力を信じすぎる。始末すべきやつは、その場で始末せんと、この一瞬はこっちの機会でも、次の一瞬にはその機会が敵にまわらぬともかぎらんぞ」

「——？」

桃太郎侍はハッとした。寸前に迫った運命を恐れてではない。

伊藤新十郎！　その名こそお俊をもてあそんで捨てた男、仙吉の父、はたして伊賀半九郎がそれだろうか？

「わかっている、わかっている」

得意の絶頂にある半九郎は、勘兵衛のことばを簡単に聞き流して、

「おい、お茶番の若殿をこっちへお連れ申せ」

と、浪人どもに命じた。


先刻の庭先である。

障子があけはなされて、炉ばたに茶羽二重の着流し人品いやしからぬ年輩の男が立って、じっと足もとを見おろしていた。そこに小鈴がうしろ手に縛られて、ぐったりとつっぷしている。

（縛ったところを見ると、まだ生きている）

桃太郎侍は早くも見てとったが、考えてみると、同じなわ目をうけて、……勘兵衛がいうごとく、小鈴を助ける機会がうまく自分に回って来るだろうか？

「にせ者を召しとったようだな」

炉ばたの男が、ゆったりと縁先へ出て来た。これが陰謀の主謀者鷲塚主膳に違いな

い。そういえば船番所で見た大学の顔に似たところがある。

「ハッ。江戸の若殿と名のる不敵なやつ、お改めください」

半九郎が会釈をして、桃太郎侍の肩を突く。

「無礼であろう、主膳！　座が高いぞ」

相対してグッとにらみ上げながら、桃太郎侍は一喝《いっかつ》した。

「ええ、いうな、河原《かわら》こじき！」

タッと、半九郎が背後から腰をあしげにする。

「――？」

が、おうへいに見おろした主膳の顔に明らかに疑惑の色の動いたのを、桃太郎侍は見のがさなかった。

「不敵なやつ。とにかく、例のところへ入れておけ」

江戸の若殿とあまりにもよく似たウリ二つの顔、意外だったらしい。真偽を見分けかねて、万一これがほんとうの若殿だとしたら――いかに悪人でも、家来としてあまりいい気持ちはしなかったのだろう。主膳は桃太郎侍の目をのがれるように、つと玄関のほうへ出て行くのだ。

「待て、主膳！──なぜ逃げる！」

むろん、とどまるとは思わない。が、主膳にそうした疑惑がわいた以上、むざとは殺させまいと思ったので、桃太郎侍はかさにかかって浴びせかけた。

「伊賀、例のところって、また座敷牢《ざしきろう》か？」

勘兵衛があざけるようにささやく。

「うむ」

「いかんいかん、大事の前の小事だ。にせ者として始末しちまえ。この男が、あの女に離室へ呼び寄せられた。若殿であろうと、桃太郎侍であろうとかまわん。あいびきしているうちに火事になった。そそう火ということがあるからな。それで万事おしまいじゃないか」

悪魔！　こいつは半九郎以上の悪魔だ、恐るべきやつ、──桃太郎侍は、あぜんとして、ふたりの顔を見比べた。

「それとも、まだこの女に未練があるのか？」

「バカをいえ」

半九郎は苦笑した。

残忍な計画は、ついに実行に移された。たちまち、浪人どもの手によって雨戸がしめられ、いちいちクギづけにされて行く。

「しばらくしんぼうしていただきます」

炉ばたへすわらされた桃太郎侍は、そのすわったひざへも、足へも厳重になわをかけられた。これでは身動き一つできない。

「なかなか丁重だな」

すでに覚悟している桃太郎侍は、顔色一つ変えていなかった。

「さよう、ちと丁重すぎるようですが、これが半九郎の美点でしてな」

半九郎は愉快そうに愚弄《ぐろう》しながら、――その自若とした相手の顔に、少しも絶望の色がなく、どんなささいのすきにも必ずはねかえしてみせる、そういった絶倫の闘志と、自信力を見せられたような気がして、急にカンにさわって来た。どうしたらこの男が泣きっつらになるか、それが見たいのである。

「どうだ、おい、もう一度だけ相談しようじゃねえか。いいかげんに、化けの皮を脱いだらどうだ。助けてやるぜ。白状しろよ」

「それには及ばぬ」

桃太郎侍の答えは冷ややかだ。まだどこにも若殿としての威容を失っていない。

「ふん、強情なやつだな。そんなに若殿に未練があるのか？——ああ、読めた」

半九郎はニヤリとして、

「伊織の娘に未練があるんだな。なるほど、あれはいい、たしかに美人だ。死ぬほどほれる、無理はない。せっかく命が助かっても、若殿でなけりゃ手にはいらないからな。そうなんだろう？」

顔をのぞき込むようにする。

「だが、きのどくだな。あの娘は、あしたからわしの女房にする。若殿の名をおとりにして引き出せば、わけはないからな。いやおうなしだ。どうだ、くやしいか」

「——」

桃太郎侍はあわれむように半九郎のいやがらせを聞いていた。

「まあ、若殿はこの女と心中するさ。少しすれっからしだが、これでも貴公のほかに男はないと思っている。まんざら悪い気持ちはしなかろう」

「伊賀先生、用意ができました」

次の間から呼ぶ声がする。

「よし、今行く」

半九郎は答えて、ついに何の表情も見得なかった桃太郎侍の顔をけわしくにらみつけた。

「では、火をかけることにいたします。ごゆるりとおやすみください」

急にバカ丁寧に一揖《いちゆう》して、つかつかと小鈴のそばへ寄る。髪をつかんでグイと顔を起こしたが、

「やれやれ、ナムアミダブツか」

じゃけんに突っ放した。ぐったりと正気がないのである。

出がけに、もう一度ふり返ってニヤリと悪魔のようにあざわらった半九郎が、玄関のほうへ消えるとすぐ最後の雨戸へクギを打ち込む陰惨な音がしだした。

「くそッ！」

今まで冷静だった桃太郎侍の目が一瞬ギラギラと燃え上がる。満身の力を張ってみたが、とうてい、なわは切るべくもない。

（最後の一瞬まで——！）

だが、身動き一つできぬからだである。いや、たとえなわが解けても、クギづけにされた戸をどうする。

玄関口のほうから、パチパチという音がして来た。いよいよ火をかけたらしい。

「よかろう。あまりそばにいるなよ、火は風を呼ぶからな」

ドカドカと、人足が遠ざかる。

「万事休す、か」

桃太郎侍の目はじっと小鈴にそそがれた。

「許せよ、小鈴」

思わず声に出た。がっくりと根の落ちた黒髪、あおいえりあしを見せてくの字なりに意識を失っている女らしい肢体《したい》をみつめているうちに、桃太郎侍はふびんさがいっぱいにあふれて来たのだ。

自分は生死を覚悟してかかった仕事、一敗地にまみれて、ついに望みを果たしえなかったのは無念だが、死そのものにはなんの未練も残らぬ。

が、小鈴は違う。この女は自分ゆえに身を殺して、今焼き殺されて行こうとするのだ。その深い、執念にも似た思慕の情に、自分はなんの報いるところがあったろう。やさしことば一つかけてはやらなかった。いや、むしろ、ヘビのなま殺しのように、この女の愛情をかわしつづけ、時にはあざむきさえした。男として恥じなき態度といえるだろうか？

今にして思えば、自分はこの女の死ぬほどの恋に負け、ついにこの女のいじの強さに甘えすぎてきた。それが悪かったのだ、申しわけない。

「小鈴！——小鈴！」

せめてひと言いってやりたい、——わしはおまえに感謝して、いっしょに死んで行くのだと。

スーッとすきまから煙がただよって来た。

「小鈴——！」

むろん、返事があろうとは思わなかった。ただ呼ばずにはいられなかったのである。が、その小鈴が、ハッと身を起こしたのだ。

「アッ、桃さん！」

大きな目をみはっている。蒼白《そうはく》な顔、左の肩から腰へかけていっぱいの血だ。

「おお、気がついたか」

桃太郎侍はがくぜんとした。

「いいえ、さっきから、死んだまね、——でも、なんだかうとうとと夢を見て」

いいながら、あたりを見まわしていたが、

「ああ、桃さん——!」

急に身もだえを始めた。いざり寄ろうとするのである。

「いまあたしが、あたしがなわを切ってあげる」

この傷で、この出血で、今まで生きていたのが不思議なのだ。しかもうしろ手に縛られていて、どうして人のなわが切れる。——と、思っている間にバッタリ前へのめった。

「よせ、小鈴、——かいのないことだ」

「いいえ、死なせやしない! 桃さんだけは、きっときっと、あたしの一念で」

あえぎながら、必死に身を起こそうとする。もう、ほとんど力が尽きているのだ。

「アッ、小鈴!」

見ていた桃太郎侍のほうが、絶望の声をあげた。半ば起きあがった小鈴が、うしろざまに炉の中へ倒れこんだのである。

「小鈴！　小鈴！」

目の前に見ながら、身動きできない桃太郎侍である。全身の血が逆流する思いだ。

「いいえ、わざと、わざと、――ウウム」

血の気のない顔が苦悶にゆがんで、半身がわずかにのけぞったと見る間に、クルリと炉の外へ寝返りを打って、人間わざではない。手首のなわを焼き切っていたのだ。

「桃さん――！」

恐ろしい女の一念、フラフラッと倒れかかるように、すがりついた。右手に、かみそりをつかんでいる。

「かたじけないぞ、小鈴！」

身の自由をえた桃太郎侍は、ぐすれようとする小鈴のからだを、ひしと抱き止めた。

「逃げて、――早く」

「よし、気をしっかり持っておれよ」

「あたしは、あたしは、うれしい――もう、あたしにはかまわずに、――あたしは、ダメ」

生命の尽きようとした目がうっとりと——自分の一念でその人のなわを解きえた喜び、そして、今その人の胸に抱かれている満足とに、明るくほほえんでみつめている。

「くそッ！——死なせはせぬ」

桃太郎侍は奮然と立ち上がった。が、すでにおそく、いっぱいにはい寄る煙！

一騎討ち

若殿を見送った百合は、それっきり居間に端座して、じっと瞑目《めいもく》していた。ひたすらその人の無事を神仏に祈願しているのだ。その人が帰るまで終始祈りつづける心である。

前のふみ机の上に、桃太郎侍の差し添えと外記への置き手紙とが、きちんとそろえてのせてある。——必ず約束を守る、だれにも他言をしないと誓わされた伊之助から託されたたいせつな品だ。

「ようござんすか、お嬢さん。あっしはどうしても、だんなひとりを敵の中へはやれない。こっそり跡をつける考えだ。ことによったら、だんなといっしょに死ぬようなことになるかもしれない。もし、夜の明けるまでに、ふたりとも帰って来なかったら、この二品をここのご家老様に見せておくんなさい。これはあっしがだんなに頼まれた役目なんだが、今いったように、あっしは命に替えても、守れるもんなら、だんなのからだを守らなけりゃならない。頼みますよ、お嬢さん」

頼む伊之助も必死だったが――ふたりを敵の中へ送って、こうしてかえりを待たねばならぬ百合、待つ身の苦痛のほうが、百倍も千倍もつらかった。

祈っても、祈っても、不安が、恐怖が、あとからあとからと胸をえぐり、身を焼いて行く。

(夜の明けるまでにお帰りがなければ、百合だって生きてはいないのだから)

いっしょに死んでしまうと覚悟していれば、――そうは思っても、生か？　死か？　その明け方までの思いがつらい。

いっそ、自分も今からあとを追って行こうとさえ、何度も思ってみた。が、女の身である。たとえ死んでからでも、あの人だけにささげている純潔なからだを、悪人のけがれた手に扱われてはならない。そう考えて、やっと思いとどまった。たびたび身の危機を経験させられている百合だったからである。

そして九つ(十二時)近く、百合はもうどうにもがまんができなくなってきたのだ。敵の手に捕えられて、あらゆる残虐のかぎりを尽くされているその人の、血みどろの姿がまぶたについて、払ってもぬぐっても消えない。

（今なら助けられる。――おじさまに申し上げさえすれば）

そうだ、ここには忠義な人たちが、腕の立つ勇士がたくさんいるではないか。この手紙さえ外記に見せれば、なんとでも方法はつくのだ。

けれど、約束を破っていいものだろうか。

万一、武士の娘らしくもない不信の女とあいそをつかされたら、それこそ死んでも死にきれないし――。

百合はじっとりと、からだじゅうにあぶら汗を感じながら、身もだえせずにはいられなかった。

「神様――百合は、百合は、どうすれば」

思わず双のたもとにひしと胸を抱き締めて、――百合は、はっとした。

「起きているようだな」

障子の外から、意外な外記の声が呼ぶのだ。

「は、はい」

何をするすきもなかった。

「今時分まで、何をしている」

サラリと障子が開いて、――見ると、外記もまだ寝間へはいっていなかったらしく、平服のままの姿だ。いや、それより眉間《みけん》に深いしわをたたんで、なにかを求めている、そんな様子だった。鋭い目の色である。

「あの、わたくし、――あの」

「それは何じゃ」

百合がドキドキしている間に、早くもふみ机の上の二品に目をつける。

「アッ――」

そでで隠そうとしたが、もう隠すべくもない。

「わきざしのようだな。これは手紙、――わしの名が書いてあるようだが？」

不思議そうに外記が手に取るのを見て、

「おじさま――！」

百合は、もう前後もなく、ワッとそこへ泣き伏してしまった。

「百合、これは若様のご手跡らしいな」

外記は急に泣き伏した百合の白いえりあしを見ながら聞いた。

（何かある。そして、この娘はそれを知っている）

と、直感したのだ。

外記は、すでに若殿の寝所を見まわって、そこにいないことを知っていた。なにか今夜は気になって、寝る前にそっと見まわってきたのである。寝具はからだった。

この夜中、どこへいったのだろう。もしやと思って、百合の居間へ来て見る気になった。江戸から危険な道中をわざわざ若様につづいて来た百合、若様のご希望だったか、伊織の考えからか、外記はまだ聞いてはいない。が、若いふたりの間に、恋かあるいはそれに近い感情が燃えているらしいことは、おおかた察していた。

百合のへやかもしれぬ。それならそれで、別にさしつかえないがと、念のために来てみたのである。

が、やはり若殿の姿はなく、ただならぬ百合の様子だ。道中でも、相当思いきったことをしたらしい若殿、どこか激しいところのあるおしいご気性、それだけに外記はいよいよ不吉な予想に胸をつかれた。

「――！」

外記は黙って、明るいあんどんをひき寄せた。急いで手紙の封を切って、思わずアッと驚愕《きょうがく》の声をのんだのである。読みくだしていくうちに、ワナワナと老いの手が震えてきた。

それは外記にとって、思いもかけなかった書き置きであった。

「取り急ぎ念のため一筆したためおき申しそうろう」

そういう書きだしで、——自分はほんとうの江戸の若君新之助ではないと、書いているのだ。

「神島伊織父娘《おやこ》のせつなる苦衷黙《もだ》しがたく、にせ若殿承諾の覚悟せしも、これには、子細あることにござそうろう」

と、書いて、——自分は生まれたその夜、親に捨てられ、右田家の忠婢千代の手によって、江戸の陋巷《ろうこう》に成長した新二郎、すなわち新之助とは双生児の弟であるとしたためている。

「一度は、今は何の恩怨《おんえん》もなき若木家のお家騒動、新二郎の知るところにあらずと存じそうろうも、再度思えば悪人輩《あくにんばら》の陰謀に苦しめられおりそうろうは、一つは父、一つは兄、いまだ相見ずといえども、骨縁の深き、血は血を呼び、父兄の苦しみおのずから新二郎の骨身にこたえ申しそうろう。父兄のために不要の生命を投げうつ、このことあるために天のわれに生命を与えしものならんかとも思い合わされ、意を決して伊織親子には素性を明かさず、あえて兄の身代わりに相立ち申しそうろう」

そして、素性を明かさずにすめば、黙って、元の陋巷へ帰る気でいたが、子細あって、そうはいかなくなった。この手紙が外記の手に開かれるような場合は、すでに自分の命はないと思うので、ここに三つの頼みを書き残して行く。――と書いて、一つは決して伊織親子の取った手段に不純な動機はないのだから、あえてとがめぬこと、一つは仙吉、一つは伊之助の身の立つよう取り計らってもらいたい、としたためている。

「このほかに思い置くこと一つこれなくそうろう。兄上は必ず天の加護にて生命をまっとういたすべく、新二郎身代わりにあいはてそうろううえは、江戸表伊織と協力、若木家の万代をせつに頼みいりそうろう。なお、老齢の御身《おんみ》くれぐれもおいたわりなされたくそうろう。新二郎のことは死後といえども他言無用、決して悲しむべからず――」

一気には読みくだしえなかった。何度も涙をふかなければならなかった。読み終わってはさらに堪えがたく、ぼうだとして流れる熱涙をとどめえない。

「若！——若！　外記の罪、じいの心得違い、申しわけない。許してくだされ」

殿のお胤《たね》とはいえ、おのれの娘に生まれた孫、外記はじっと懐紙を顔に当ててしまった。

外記は桃太郎侍を新之助君として、少しも疑っていなかった。毎日おそばについていた近習たちさえわからないでいるのだから、この三年ばかり江戸と国もとに別れていた外記に区別がつかなかったのも無理はない。

むしろ、三年前に見た若君より心ばえおおしく、人間に深みが出てきた。いってみれば、神経質なところが消えて、大度《たいど》のふうが備わってきた。年のせいである。修業のおかげである。どこから見てもりっぱなお世継ぎになったと、外記は喜んでいたのだ。いや、この君こそあっぱれ名君になるだろうと誇りさえ感じていた。

が、それが思いがけない弟の新二郎君のほうだったとは、今にして思えば、なるほどとうなずける。

幼い時から陋巷にほうり出されて、ずっと世間を見てきた。相当の苦労をして来た。要するに、生きた学問をしてきたのである。天稟《てんぴん》の英資にみがきがかかっているのだから、おそらく近習たちのだれかれよりずっと苦労もし、世の中も見てきているのだから、人を心服させるわけである。尊敬されるわけである。

とはいえ、さいわいにして千代の丹精と、新二郎君自身の恵まれた天分によって、あっぱれ男にはなったが、当然一藩の分家として、何不自由なくあるべき人を、だれがこんな日陰者にしたのだ。自分ではないか。娘が双生児を生んだ、ただその外聞を恐れただけの理由でひとりを捨てる、なんという無慈悲な祖父であったろう。

その天の罪が今自分に返ってきたのだ。

「――天が兄の身代わりになるべく、新二郎をしてこの世に生をうけさせたのだろう、自分は喜んで死ぬ。決して新二郎の死は悲しむな」

おおしくもこう書き残している。――老齢自愛せよともこの無情な祖父をいたわっている。

面罵《めんば》されるより、むち打たれるより、外記にはこの情のほうがつらい、悲しい、心苦しい。

が、取り乱している場合ではないのだ。

外記は気をとりなおして、ふみ机の上のわきざしを取った。抜いてみると、たしかに見覚えがある。無銘ではあるが、貞宗《さだむね》の名刀として折り紙のついた右田家の家宝、せめてこの子が成長した時の誇りにもと、千代に託してやった形見なのだ。

いったい、こんな書き置きまでして、どこへいったのだろう？

この手紙が自分の手で開かれる時が来れば命がないと書いている。その時期は百合にいい置いて行ったに違いないのだ。あるいはまだ助けうる見込みがあるかもしれない。

「百合、この二品は、いつわしに見せよと申しておったか？」

外記は鋭い目を百合に向けた。

「は、はい。もし明け方までお帰りがなかったら、おじさまにお目にかけよと」

救いを求めるように、百合が泣きぬれた顔を上げる。

「そして、若殿はどこへ行かれたのだ」

「あの、そのお手紙にはなにも書いてないのでございましょうか？」

行く先は主膳の屋敷と聞いているが、なぜそこへ行くのか、伊之助は話してくれなかった。おそらく、それを書き置いた手紙だろうと思っていたのに、――急に百合は不安になる。

「これには何も書いてない。――すると、そちも知らんのか」

「いいえ、存じております。主膳の屋敷へ行く、行かなければならないことがあるとおっしゃってでございました」

「主膳の屋敷？——おひとりでか？」

「はい」

「いつごろのことだ、それは」

「四つ（十時）少し前でございます。——おじさま、早くお助けして、どうぞ若様をお助けあそばして！」

思い出すと、百合はもうやもたてもたまらなくなってきた。

「だんな様、こちらでございますか？」

ふっと廊下から、あたりをはばかるような声がした。

「だれだ——？」

外記がギョッとふり返る。

「佐平でございます。内々で申し上げたいことがございまして」

「——？」

外記は桃太郎侍の手紙を急いで懐中して、障子の外へ立っていった。

小者のささやくことばは聞きとれなかったが
「何ッ!」

驚愕するような外記の声に、百合はハッと胸をつかれた。

(何か若様に不吉なことが——!)

この場合そうとしか考えられない。

「百合——!」

障子の外から外記が興奮した顔を見せた。

「決してここを動いてはならんぞ、よいか」

「おじさま、あの、もしや——おじさま!」

が、外記は耳にもかけず、あとをしめきって、あわただしく去って行く。

(何かある。若様のお身になにかあったのだ)

百合はうつろな目をあんどんに向けて、じっと聞き耳を立てた。今にも屋敷じゅうの騒動になるのではあるまいか?

が、とうに九つ（十二時）を過ぎた。邸内はしんと寝しずまって、物音一つしない。無気味なほど静かだ。不安な時がきざんでいく。

（どうしたのだろう？）

百合にはわからない。何があっても、当然主膳邸へ人数が向かわなければならないはずである。あるいは若様がこっそり、お帰りなったのだろうか？

いや、それなら、なにをおいても伊之助が自分に知らせてくれるはずだ。

それに、あの置き手紙にはなにが書いてあったのだろう。今夜の事情を書き残したものとばかり思っていたのに、そうではないらしかった。

（ことによると、もしや素性のことを――？）

ハッと百合は気がついた。

ああいう潔白なおかただから、死を覚悟した以上、にせ若殿になった事情を明らかにしておく、そうかもしれない。だから、死んでからでなければ見せてはいけないとおっしゃったのだ。

「どうしましょう、わたくしは！」

見せたのではない。見られてしまったのだけれど、――自分の不注意から、たいへんなことになってしまった。

そういえば、にせ若殿とわかったので、おじさまは助けに行かないのかもしれない。行く必要がないと思っていられるのだ。そうに違いない。

「あんまりです、おじさま！」

娘心の、百合はカッと混乱してきた。たとえにせ若殿でも、一度その人のほかに夫はないと堅く心にきめている百合、――もうだれにも頼みはしない。自分ひとりでも助けに行く。きっと、助けてみせる。それができなければ、いっしょに死ぬまで。

「若様、いま参ります」

百合はふみ机の上の、外記が置き忘れて行ったその人のわきざしを取り上げて、ひしと胸に抱きしめた。

思えば、向島堤ではじめて悪人に取り囲まれた日、

「お女中、これを」

と、うしろざまに、さやごと抜いて貸してくれたのが、このわきざしであった。

今またその思い出のわきざしを帯にして、その人のもとへ駆けつける。きっと、いっしょに死ねと天が命じるのだ。

「死にます、百合は喜んで」

急いで涙をぬぐった。じっと耳を澄ましたが、やっぱり人の起き出したけはい一つしない。

百合はそっと雨戸を一枚くって、たびはだしのまま庭へおりた。明るい星月夜である。高々と帯の間へつまをとって、いっさんに、裏庭のほうへ走りだす。

その人を思う火のような一念のほかに、百合の心にはもう何物もなかった。

邸内とはいえ、深い裏庭の林へかかると、自分の足音が陰々と耳につく。何か物の怪《け》に追われているような無気味さだ。一気に駆け抜けようとした百合は、目の前の小道を横切って、スッと黒い影が音もなく木陰へ飛びこんだような気がして、

「アッ——!」

思わず棒立ちになった。たしかに人の姿である。こっちの足音を聞いて、あわてて隠れたのだ。

「だれです、そこへ隠れたのは?」

百合はわきざしの柄《つか》に手をかけながら、暗い立ち木のあたりへ、じっとひとみを定め

た。

「おや、お嬢様ですね」

はたして、木陰からスッと人影が走り寄って来た。思いがけない伊之助である。しかも、ひとりだ。

「まあ、伊之助」

ほっとするより早く、――命にかけてもその人を守るといっていた伊之助が、たったひとりで帰って来たのである。

「若様は、伊之助！　若様はごいっしょではないのですか？」

「安心しておくんなさい。やっと命だけは助けてきました。――それより、どうしたんです、お嬢様は？　今時分、おひとりでどこへ行こうってんです？」

「では、おケガをあそばしたんですね。どこ、若様は、――どこにおいであそばすの」

もどかしそうに、百合は伊之助をかきのけようとする。

「林の中の稲荷堂《いなりどう》です、断わっておきますがね、だんなはもう若殿じゃありません」

妙に伊之助のことばは冷たい。

「え、稲荷堂――？」

「板の間へ寝ているんでさ」

「まあ、どうしてそんなところへ、――動けないんですか？　そんなにおケガを」

「ケガもケガですがね、もう屋敷へはかえらないっていうんでさ。――だって、その傷じゃ無理だ、せめてお嬢様のお居間へでも隠してもらったらと、いくらあっしがすすめても、人目にかかってはよくない、ここでいいって動かない。あっしは腹がたっちまいましてね」

「――？」

「だんなはいったい、だれのために命がけになって働いたんだ。遠慮も時による。そんなからだで吹きっさらしの板の間へ寝て、もし傷口から夜風でもはいったらどうするんだ。なんなら、あっしのへやへでもいいから、家の中へはいらなけりゃいけませんっていうんだが、――だれにも顔を見せたくないってね」

「どうしてなんでしょうね、伊之助？」

百合は急に不安になって来た。顔を見せたくない、もしや二目と見られないほどのケガをしたのではないだろうか。

「お嬢様、江戸のご家老様にお目にかかったでしょう？」

　これはまた意外なことをいいだす。

「まあ、江戸のおとうさま――？」

「おや、まだ会わないんですか？――じゃ、なんにも知らないわけだ」

「話して。おとうさまがどうしたのです」

「たしか、今ごろはご城代様にお目にかかっているはずですぜ。あっしたちはここへ来る途中で会いました。顔を隠して、おひとりでした。ご家老様のほうから声をかけられましてね、大きな声じゃいえねえが、――本物の若様が全快したんで、ほんの数人でお供して、夕方の船で城下へついた。今、若君は人目にかからぬよう、ある場所へそっと忍ばしてある。これからご城代のところへ相談に行くところだっていってました」

「まあ！」

　それでわかった。さっき、おじさまが驚いていたのは、父のことだったのだ。――なるほど、ほんとうの若様が着かれたうえは、もうあのかたは若様ではない。いや、それより、若様がふたりできては、今までのからくりが敵にも味方にも知れてしまう。そのためには、屋敷へははいらないと遠慮しているに違いない。

（わが事ついに終わる！）

疲れきった身を、あかくさい稲荷堂の板の間へ投げ出しながら、桃太郎侍はぼうぜんと、やみをみつめていた。天地静寂、わずかにキツネ格子《ごうし》から星空がのぞかれる。

この世に生をうけて二十数年、いまだかつて、こんな惨澹《さんたん》たる心境におかれたことはない。要するに今夜は惨敗したのだ。

いや、惨敗はまだいい。兵家の常として、また取り返すこともできる。が、小鈴のことを思うと、どうしても思いあきらめきれない。

あの時、――小鈴を抱いて一度は立ち上がったが、すでにおそく、自分も煙に巻かれてクラクラッと自失していった。

ふと冷気によみがえってみると、暗い茂みの庭に寝かされている。

「アッ、小鈴――」

思わず飛び起きようとすると、

「シッ」

いきなり上から押えつけられた。伊之助だったのである。

「じっとしていておくんなさい。まだ、敵の中だ」

耳もとへ口を寄せて、必死の声である。

「小鈴は？——小鈴はどうした、伊之助！」

「だんなを助け出すのがやっとでした。やつらが火をかける、すぐ縁の下を破りにかかったんだが、手間取っちまって」

今にして思えば無理もない。敵の目の中を、よくあそこまで自分をひきずっていったと思う。おそらく、火事を見守っていた連中は、上にばかり気を取られていたのだろう。

が、その時は、そうは思えなかった。

見ると、——目の前で離室がどっと燃え上がっているのだ。

あの中の小鈴が焼かれている、たとえもう息はないかもしれないが、最後まで命がけで自分を救ってくれた小鈴。それを思うと、たまらなかった。

「放せ、伊之助」

せめて死骸《しがい》だけでも、この腕に抱いて助けだしてやりたかったのだ。

「シッ！　だんな——だんな！」

伊之助がまるで上から、のしかかるように、

「敵が、――敵が！」

なるほど、すぐそばの植え込みをガサガサやりながら、

「よく燃えるな」

野太い声が手に取るように聞こえた。伊賀半九郎である。

「今ごろはもうふたりとも、こんがりと焼けているだろう。しかし、あれはほんとうに、にせ者だったのか」

相手は高垣勘兵衛であった。

「どっちだってかまわんさ。にせ者ならこれで若殿をふたりやっつけたことになる」

「こんどは主膳の番だな」

「――――」

「早いほうがいいぞ。主膳はこっちの若君が貴公の子ということを感づいているんだろう？」

「薄々はな」

憎いやつ！　悪党！　小鈴の敵だ！――はね起きようとして、桃太郎侍はまたしても伊之助に押えつけられた。ドドッと屋根の燃えおちる音がした。

(ああ――!)

幾度か助けられておきながら、ついにたすけえなかったふがいなさ、これでも男かと、桃太郎侍は歯を食いしばったのである。

やがて、やっと敵の囲みが解けたらしいので、自分ではしっかりと立ち上がったつもりだったが、――からだじゅうが燃えるようで、全然、力が抜けていた。

「そうれ、ごらんなさい。――だんな、いつだって、かたきはとれるんですぜ」

急いで肩を貸してくれながら、伊之助がいった。

その帰りに、屋敷町のかどで、不意に伊織に呼び止められたのである。

「おお、そのお姿は――!」

伊織はがくぜんとして立ち止まった。が、驚いたのはむしろ桃太郎侍のほうである。

――江戸をはなれてはならぬ伊織が、しかも面をつつんで、この夜ふけにただひとり。

「ご老人、もしも何か江戸表にまちがいでも」

すぐ兄新之助の身が思われたのだ。

「いや、安心していただきたい」

新之助君はさいわい手当てがまにあって、意外にも早く全快した。そこで、ほんの数人の供をつれて江戸を立ち、今夕城下へはいった。実はこれから、どういうふうにしてほんとうの若君を外記邸に入れるか相談に行くところだという。

桃太郎侍は今夜の失敗を簡単に話して――深夜とはいえ、だれが通らぬでもない、人に姿を見られてはお互いに困るのだ。くわしいことはいずれ屋敷で話すことにして、早々に別れた。伊織は表門から、桃太郎侍は裏手から邸内へはいったのである。

が、ほんとうの若殿が、――兄新之助が城下へ着いた以上、もうにせ者は不要だ。いや、うっかり顔を見せては、それこそ今までのからくりがすっかり露見してしまう。万一、自分の素性をあかさねばならぬ立場にでもなると、外記の過去の過失まで暴露《ばくろ》することになるのだ。

「せめて、それじゃ、あっしのへやへでも」

無理にすすめる伊之助のことばを押しきってこの人目につかぬ稲荷堂へ身を隠したのだが、それにつけても、今夜の失敗が無念である。せめて兄が着くまでに、半九郎だけでも倒して、にせ若殿の役目を果たしておきたかった。

どっちを向いても、われながらふがいない男だと思うと悲しい。

からだじゅうがズキズキとして、熱ぽったい。身動き一つするのも今は大儀だ。そのうちに、いつか深い眠りにおち入ってしまったらしい。

どのくらい眠ったのだろうか？

夢一つ見ず、ふっと目がさめてみると、あたりが明るく、——すでに朝になっていた。

「あ、お目ざめになった」

大きくのぞき込んでいた白い顔が、ぬれぬれとしたきれいな目が、朱のくちびるが、急にいきいきと輝くばかり。

「若様——！」

じっと動かずにみつめている百合なのだ。と、思う間に、見る見るキラキラと涙が光って、

「まあ、よかった」

急いでその涙をふく。

「お百合さん、——もう若様ではない」

　桃太郎侍は昨夜のことを思いだして、寂しくつぶやいた。

「いいえ、百合にはいつまでも若様」

「ああ、そういえば、たしか伊之助から預けたはずの手紙は、お百合さん」

「あの、それは、おじさまが――」

　百合はおろおろと口ごもって、

「お許しくださいませ。おじさまがふいに昨夜おいであそばして、お机の上にあったのを取っていってしまったのですもの」

　恥じ入るように、うなだれるのだ。

「読んだのか、お百合さん」

「いいえ、百合は――百合には見せてくれませんの」

「そうか。――できれば、だれにも見せたくなかったが、外記だけならまあいい。それにしても、こうなったら一日も早く、ここを出立しなければならぬ。外記がさぞつらいだろうから」

「若様、お許しあそばして、――どうぞ、若様」

　その思いにふける桃太郎侍の顔をふきげんと見たか、百合は泣きそうになって、身をすり寄せてきた。

「いいんだ、お百合さん。なんでもない。――おや!」

気がついてみると、桃太郎侍は絹ぶとんの中に寝ているのである。

「ぜいたくなものを運び込んだものだな」

古びたほこりだらけの堂の中、板張りのすきま漏る朝の日ざしに、はでなふとんだけが真新しい。まくらもとのほうへキリの手あぶりまで運びこんで、小鉄ビンがしずかに鳴っている。盆の上に水さし茶道具まで用意してあるのだ。なんのことはない、まるでぬすっとか山賊の隠れ家のようである。

「あの、伊之助が、なんでもよい、早く運ばなければと申すものですから」

百合がほおをあからめた。

「じゃ、これもお百合さんのを取り上げたのか」

そういえば、えりのあたりに、ほのかな女の移り香がただよっている。

「お気持ちが悪いのでございましょう?」

「いや、もったいない」

こんなほこりだらけのところへ、ふとんがよごれるという意味であったが、いってしまってから、妙にも取れそうなので桃太郎侍は苦笑した。

「あ、お百合さんはご家老に会っただろうな」

「いいえ」

「ほう。では、ずっとここにいたのか？」

「若様、お茶をさし上げましょうか」

視線を逃げるように盆を寄せるのである。

（なるほど、ちょっと会いにくい。それもあるのだ）

桃太郎侍は気がついた。父には無断で家出している百合である。——昨夜も会った時、伊織はひと言も娘のことはきいていなかった。が、ひとり娘のこと、心ではどんなにか心配していることだろう。

「早くあやまらなければいけないな」

「でも、おとうさま、おじさまとふたりきりでお話しして、すぐにおかえりになったのですって」

「かえった——？」

「ええ」

「――――」

そうか。一藩の老職は公儀の許可なくして江戸を出たり、国もとへ帰ったりすることは許されない。それが悪人のほうへ知れると逆用されるおそれがあるのだ。人目につかぬように若殿の入れ替えをすまし、絶対に国もとへはいったことは秘密にして、早く江戸へ帰らねばならぬ。――なるほど、娘などに会ってはいられないわけだ。

(こりゃいかん。わしの立場も同じである)

悪人どもを押えられなかったのは残念だが、若殿が毒に倒れていた間だけの若殿役は、敵にも味方にもぼろをださず、どうやら無事にはたせたのだ。このうえよけいな節介《せっかい》をしていると、すべてがうちこわしになる。今夜にも丸亀を立ちのこう。――桃太郎侍は意を決した。

「どこか、お気持ちが悪いのではございません?」

百合が心配そうに顔をのぞく。少し黙って考え込んでいると、すぐ気にするのだ。

「いや、もうどこも悪くはない」

「お茶を入れたのですけれど」

「ありがとう。いただこう」

起き上がろうとすると、

「あ、いけません」

あわてて百合がふとんの上から押えつけた。まるで病人扱いだ。

「お傷にさわります。百合が運んでさしあげますから」

「傷――？」

気がついて手で探ってみると、胸にも、腕にも、ところどころおおぎょうに包帯がしてあるのだ。むろん、昨夜のかすり傷だが――こんなにされたのを少しも知らずに眠っていたと思うと、武士の心がけが、いささか心細い。

「伊之助は？」

「ついいましがた、おかゆをこしらえてくると申して、出てまいりました」

「起きてみたい、お百合さん。ぐっすり眠ったので、すっかり元気が回復したような気がするのだ」

いっているところへ、急に足音がして、

「だんな、だんな、本物が来ますぜ、本物の若殿が――」

キツネ格子の外から、伊之助があわただしく報告するのだ。

「なに、若殿が――？」

ハッと桃太郎侍はすわり直った。――それは少し危険である。自分がここに隠れていることは絶対にほかの者に知られてはならないのだ。

「ほんとうですか、伊之助」

百合は急いであたりを見まわす。これは、――こんなむさくるしいところへ、とまずそれが気になるらしい。

「ほんとうですとも」

伊之助はキツネ格子を少しあけて、中をのぞき込むように、ぬれ縁にかしこまった。せまい堂の中は、ふとんが敷いてあると、ちょっと足の入れ場がないのだ。

「あれ、だんな、起きているんですか？――無理をしないほうがようござんすぜ」

「いや、もうたいしたことはない。――すぐ来られるのか、若殿は？」

「すぐでしょうよ。今、ご城代様があっしをそっと呼んで、――若様が稲荷堂へ参拝されたいと申している。ちょっと耳へ入れておくようにというんでさ――。そりゃいけません、だんなはケガをして寝てるんだからと、あっしは断わったんだが、そのままでかまうまい、よそながらご会釈をたまうのだから、といってました」

「――――」

そうか、外記のはからいで、せめてよそながら、わしに兄上の顔を見せようというのだ。――桃太郎侍はふっと胸が熱くなる。

「あの、お髪《ぐし》をお直しいたしましょう」

百合がふと立って背後へ回った。なるほど、桃太郎侍は昨夜のままの乱れ髪である。

「なあに、寝ていてもいいっていうのだから、だんな、むりに起きなくてもいいんですぜ」

さんざんお家のために働いてやったんだ。小さくなってることはない、というような伊之助の口ぶりである。

「どうせよそながらってんですから、きっと自分によく似た男ってどんな人間か、ちょっと顔が見たくなったんでさ。若殿様の、気まぐれなんだ」

「まあ！　伊之助、そんな口をきいてはいけません」

手早く器用に髪を結びながら、百合がたしなめる。

「そうでござんすかね。そういやお嬢様はここのお家来さんでしたね。どうもすみません。伊之助にとっちゃ、親分はここにいる人よりほかにねえもんだから、つい口が過ぎました」

この男は、昨夜から少しおかんむりを曲げているのだ。だいいち、桃太郎侍をこんなところへ置きっぱなしにして、今までなんのあいさつもなかったのが気にいらない。そこへ、よそながらご会釈ときたんで、内心大憤慨なんだろう。

「あら、なにをそんなにおこっているんでしょう」

「おこってなんかいやしません。ただ、お嬢様、そんなに若様がありがたいんなら、そっちへおいでなさいまし。だんなはもう若様じゃないんですからね」

「まあ、そんな、そんな、――」

「ほんとうの若様は、あっちでござんすよ」

「伊之助、つつしまぬか！」

桃太郎侍はしかった。まるで、子どものけんかである。

「あっ、いけねえ。だんな、向こうへ若様がみえましたぜ」

「そうか。そこをしめて、おまえはさがっていよ」

「へえ」

キツネ格子をしめると、口では何といいばってみても、相手は十万石の若殿だ。伊之助はあわててぬれ縁から飛びおりた。

やっとまげをまとめあげた百合は、急いで手をぬぐい、ふところから小箱を出した。香だ。

（さすがは育ちだな）

感心して見ていると、手あぶりにそれをたいて静かに下座へ両手をつかえた。朝の大気にふくいくとして香が漂い始める。

（はじめて相見る兄――）

桃太郎侍は座を正しながら、胸へ波うってくる激しい感情をじっと押えた。

明るい林の中を、若殿は外記ひとりを従えて、稲荷堂のほうへ進んで来る。途中で、ふっと外記が立ち止まった。なにかことばをかけたらしい。

ふり返った若殿は、おうようにうなずいた。外記はそこに残ってあたりを見まわしている。

（なあるほど、あそこで見張りというわけだな）

ぬれ縁のそばに土下座してながめていた伊之助は、やがて近づく若殿新之助の顔を一目見て、

「アッ――！」

うっかり頭を下げるのを忘れてしまった。

ウリ二つというたとえがある。が、これはそんなものではない。りんとしたおもだちといい、やや胸を張ったスラリと上背のあるからだつきといい、ゆうゆうとしたその歩きつきまで、知らずに出会ったら、全く桃太郎侍と思わずにはいられまい。どこといって寸分の違いも見分けにくいのだ。

伊之助は思わず、ポカンと目をみはってしまった。その間に、堂の前へ進んだ若殿は、伊之助には見むきもせず、

「――！」

じっとキツネ格子を凝視して立った。明らかに堂の中の人を意識している複雑な表情

だ。

（見つけたぞ、くそ！　やっぱり、うちのだんなの若殿のほうが男らしいや）

一方はほんとうの若殿、一方は元の素浪人に返って堂の中に小さくなっていなければならない。伊之助はしゃくにさわるのだ。どこかに欠点をさがさずにはいられない。そういった気持ちでしいて見れば、なるほど同じ顔だちでも桃太郎侍のほうがひきしまっている。苦労しているだけに、たくましい。眼光に底力があるような気がするのだ。

（けど、驚いたなあ）

伊之助は夢中になって、いつまでも若殿の顔から目が放せない。無礼などということは、とっくに忘れているのだ。

「下郎――」

ふっと若殿が、静かにふり向いた。

「へい」

さすがにびっくりして、あわてて頭をさげたが、憎いほど声も同じだった。

「堂のとびらをあけよ」

「へえ」

いよいよご対面ときやがったな。驚くな、こんちくしょう。中にはてめえなんかより、よっぽどりっぱな若殿がいるんだ。けど、びっくりしやがるだろうな。——伊之助はスルスルとぬれ縁へあがって、

「だんな、あけますよ」

堂の中へ声をかけた。中はひっそりとしている。かまわずキツネ格子を左右に開いた。

桃太郎侍が板の間へピタリと平伏している。ふとんは二つに折って背後へのけてあった。少し下がった百合のじゅじゅとした高島田が、きちんとそろえた両手の上へ重ならんばかり、ふくいくたる香のにおいが漂ってくる。

しんかんとした林の中で、小鳥の声が朝を歌っていた。

(こりゃ大しばいだ)

伊之助は急いで元の場所にさがりながら、見ると——若殿が食いいるように、堂の中をみつめている。

「両人、面を上げよ」

その声が激しい感情にいささか震えていた。

「ハッ」

桃太郎侍はおそおそる顔をあげる。

(アッ、同じ顔が両方でびっくりしている)

事実、ふたりはひたと顔を合わせて、またたき一つせず、見る見る双方のほおへ血の気が燃えてきた。

「失礼なところよりごあいさつ、かつは取り乱した姿をご覧にいれまして、恐れ入ります」

いつになく桃太郎侍がやっと口ごもりながらいって、改めて平伏しようとするのだ。

(おかしいぜ、だんな。何もそんなにこわがることはねえや。もっといばってりゃいいのに)

伊之助はちょっと不平だった。

「無用ぞ、新二郎!」

若殿が急に押しとめた。

いる。

「エッ！」

愕然《がくぜん》として桃太郎侍が下げかけた顔をあげると、その目にあふれるばかり涙が光っている。

「外記から聞いた。――そちの手紙も見た」

いいながら、つかつかと縁端へ進みよるのだ。

ただ顔を見るだけで別れねばならぬ兄と覚悟していたのに、――さては、外記が話したものとみえる。押えに押えていたなつかしさが胸いっぱいに盛り上がってきて、もうがまんができなかった。生まれてはじめて相見る肉親、同じ母の胎内に双生児として生まれた兄。

「では、――では！」

「新之助だ、兄だ、――ここへ来い！」

右手を差し延べているのである。

「兄上――！」

桃太郎侍は飛びつくように、ひしとその手を取って押しいただいていた。う、う、うッと、子どものように嗚咽《おえつ》がこみあげてくる。顔があげられない。

「新二！——知らなかったぞ、新二！」

つぶやくように、力いっぱい肩をつかんだ兄の手が、激しい感情に震えている。かつては、こうしていっしょに母の胎内にあったに違いない。手から手へ脈々と同じ血が、同じ心が、あたたかく交流して、相分かれていた二十数年の年月が、隔てが、一瞬にして溶けて一つになった夢のような甘美な一時である。

（あれ、いけねえ）

伊之助はぼうぜんとしてしまった——兄弟だったんだ。なんだかわからないが、どうもそうに違いねえ。だんなが兄上っていった。若殿が新二、新二って抱いている。子どもみたいに、ふたりで泣いている。

おやおや！　お嬢さんまで泣いてらあ。こいつあ、おかしい。妙なことになりやがった。——そう思っているうちに、ポロポロ伊之助も涙があふれて来た。

「新二、顔を見せろ」

「はい」

桃太郎侍はこぶしで涙をふきながら顔をあげた。ぬれた兄の顔が笑って、しげしげと見おろしている。

「にいさん――!」

なつかしく呼んで、改めて握っている手に力を入れた。

「新二――!」

「こうして、お目にかかれようとは思いませんでした」

「わしは少しも知らなかった」

「しかし、はじめてお目にかかったような気がしません」

「同じ顔だな。――わしはびっくりした。伊織が似ているというから、似てはいるだろうと思ったが」

「新二も驚きました。もうひとりの自分を見たような気がして」

兄弟は笑いあった。

「じいを恨むなよ、新二」

「恨みはしません」

「窮屈でも、しばらくここに隠れておれ。悪人どもを取り押えて、必ず父上にも対面させよう」

「――――」

「無謀はいかん。ひとりで敵の中へ飛びこむなどは無謀だぞ」

「はい。兄上に代わって、一日も早く悪人どもを斬っておきたかったのです。昨夜は、失敗しました」

「わしのために死ぬ、その考えがいかん。わしのために生きる。これからは、そう心がけてくれ。どんな理由があっても、弟を失って喜ぶ兄はない」

「兄上――！」

はじめて聞く肉親のことばだ。感謝が新しい涙になる。

「アッ、だんな！――若様！　ご城代様がこっちへ手を振っていますよ」

伊之助があわただしく叫んだ。

外記が向こうから、しきりに手を振って合図している。

「新二、だれか来たようだ。隠れていよ」

若殿はそのほうへ手をあげて合図を返しながらいった。

「はい」

「傷は痛まぬのか?」

「ほんのかすり傷です。心配なさらないでください」

「しかし、手当てを怠るなよ。小事が大事になってはいかん。——百合、よくめんどうをみてつかわせ」

「は、はい」

百合がほおを染めながら、うれしそうに両手をつかえた。

「では、兄上——!」

「うむ。いずれすぐ迎えに来る。ゆるりと話を聞こう」

「はい。——ごめん」

桃太郎侍は急いで堂の中へはいって、キツネ格子をしめた。

若殿は、そしらぬ顔をして、堂を背にして立つ。参拝をすませたという形だ。

上島新兵衛が外記と連れだって、緊張しながら近づいて来た。

「申し上げます!」

新兵衛が興奮しながら、ハッとひざまずく。

「鷲塚主膳め、ただいまお目通り願いたいと申して参上つかまつりましたそうにございます」

「主膳が――？」

「はい。――殿様ご重体について、ぜひとも若殿をお城へご案内したいという口上だそうにございます。今となって急にさような申しいで、何かたくらみがあるのではございますまいか」

昨夜の事情をなにも知らぬ新兵衛は、容易ならぬといわぬばかりの顔だ。

「じい、はたして参りおったな」

若殿はキッと外記のほうを見た。――新二郎が自分の身代わりに焼き殺された。敵は若殿を葬ったと信じて、必ず何か難題を持ち込むだろうとは、伊織や外記の昨夜からの予想であった。

はたして、ご重体を口実に親子対面を持ち込んで来た。死んだ若殿が対面できるはずはない。その虚をついて、一挙に国もとの万之助を押し立ててしまおうという腹であろう。

「御意。きょうこそ、かれら悪運の尽きかと存じます」

「うむ。今参った稲荷明神の加護かもしれぬ。じい、礼参りをしてこい」

若殿はわらって、

「新兵衛、まいれ。主膳の驚く顔を見物してつかわそう」

さっそうと歩きだした。新兵衛が不審そうにあとを追う。

「若、今しばらくのごしんぼう――」

ひとり残った外記は、堂の前にうなだれて立った。急に二つ三つ、年を重ねたような老いの姿だ。

「じい――」

堂の中から桃太郎侍がそっと呼んだ。

「万之助は半九郎の子だ。薄々は主膳も存じているはず、そこを責めてみよ」

「おお――!」

「しばらく悪人どもを待たしておく。かれらは善後策にろうばいしているものと油断しているであろう。その間に、味方を城へ入れる。決死の者数人でよい。如才もあるまいが、家督は万之助にきまったといわせて、総登城の太鼓を触れさせよ。それを合図に、主膳らの前へ兄上を案内申せ」

とっさの間によく機敏に働く桃太郎侍の頭だ。外記はアッと感嘆して、

「ようこそごさしず――」

「いや、さしずではない。思いつきを申すまで。――半九郎は容易ならぬやつだ。くれぐれも兄上のお身のうえ頼むぞ」

「ハ、ハッ」

「遅れては手違いになる、急いでくれ」

「恐れ入りました。ご総明なるご采配《さいはい》、外記恥じ入ります!――ごめん」

老顔を輝かしながら、外記は走りだした。

走りながら忙しく目をぬぐっている。


「だいぶ手間どるようだな」

かみしもに威儀を正して、ゆったりと庭をながめているかに見えた主膳が、ふっと、半九郎を顧みた。外記邸の書院である。ここへ案内されてから、もう半刻《はんとき》(一時間)近くになる。少し待ちくたびれて、不安になってきたらしい。

「善後策に窮して、なかなか相談がまとまらんのでしょう」

半九郎は不敵な微笑をうかべた。

「まだなにか小細工をする気かな」

「いや、もう細工のしようもありますまい」

にせ者にもせよ、本者にもせよ、肝心の若殿が灰になっているのだ。いやでも万之助の家督を認めなければ、若木家がつぶれてしまう。

「おそらく、われわれに若殿を対面させられない理由を、どう答えたものか、困っているのでしょう。ご変死とは公表できませんからな」

「うむ。それにしても、おそすぎる。――窮鼠猫《きゅうそねこ》をかむということもあるぞ」

主膳はそれを心配しているのだ。敵の邸内である、どんな手配をするかもしれない。

「その心配はご無用です。一発の銃声で、裏表に伏せてある人数が蜂起《ほうき》しますからな」

半九郎はそっと胸をたたいて見せた。ぬけめなく短筒《たんづつ》を忍ばせているらしい。

「うむ」

これ以上不安がっては、はらを見すかされる。また、不安がる必要もないのだ。用心深い主膳は、外記邸の前後へ人数を伏せたうえ、要所要所へ手配りをして、外からの加勢はむろん、邸内からアリ一匹はい出すすきもないように、さしずして来ている。

(この男の前で、つまらぬことをいったものだ)

われながら、すぐに後悔した。

が、事実は、そのアリ一匹はい出すすきもない外記邸から、堂々と大アリがはい出していた。むろん、思わぬ厳重な手配りで、人間は出すことができなかったが。

「ただ今、万之助君ご家督に評定がきまりました。ついては、総登城の太鼓をふれるようにという主膳殿の仰せです」

玄関に待っている敵方に通じると、――これが昨夜離れの焼き打ちに立ち会っていた男だけに少しも疑わず、ただちに門外の味方に通じる。伝令はそれからそれへと、またたく間に城内へ達していた。

ドーン！　ドーン！　ドーン！

不意に城のやぐら太鼓が鳴りだしたのだ。

「伊賀、なんだ、あれは？」

色を失ったのは主膳である。

さすがの半九郎も、とっさには判断がつきかねた。

「――――」

とたんに、間のふすまが左右に開いて、

「アッ」

殺したとばかりと思い込んでいた若殿が、近習を従えてつかつかと立ち現われたのだ。

「主膳、そのほう心をいれ替えて、若君を城内へご案内申しあげるそうだな」

すかさず外記が一喝《いっかつ》する。

「ハ、ハッ」

愕然《がくぜん》として、主膳は蒼白《そうはく》になってしまった。

半九郎は不敵にもじっと若殿の顔を凝視した……。たしかに若君に相違ないのだ。あれだけ念を入れて火をかけたのに、どうして生きてかえったのだろう。しかも、髪一つこげた様子もない。

「悪運の強い男だな」

「黙れ、下郎！　頭《ず》が高いぞ」

若殿の額に癇癖《かんぺき》の筋があらわれた。にせ若殿にはないことだったが、場合が場合だけに、さいわい、だれも気がつかぬ。

「おれが下郎なら、そっちは河原《かわら》こじきだ。お化け長屋の素浪人、にせ若殿の証拠を洗ってみせようか」

「アッ、もし！」

外記が急いでそでをつかんだ。烈火のごとく激怒した若殿が、いきなり小姓のささげる刀に手をかけようとしたからである。

「なりませぬぞ、若！」

外記は目顔でなだめて、ズイと前へ出た。

「半九郎、にせ若殿の証拠なら、こっちで詮議《せんぎ》いたそうか」

「……？」

おや！　というように半九郎が目をみはる。

「主膳――！」

老巧な外記は、一転して、ほこ先を主膳に向けた。半九郎には素浪人根性がある、追い詰められると破れかぶれになって、なにをやりだすかわからないと見たのだ。

「そのほうは若殿をお城へご案内申し上げる前に、まずなすべきことがあろう。たち帰ってお梅の方に談合してみよ。そのほうは譜代《ふだい》の家来だぞ。この期《ご》に及んでも、まだお家の恥辱を明るみへ出したいのか。どうじゃ！」

あんに万之助の素性《すじよう》を責めるのである。

「恐れ入りましてございます」

思わぬ急所を突かれて、主膳は一言もなかった。そこを見抜かれては、もうこっちになんの名分もない。

「おいとまつかまつります。――伊賀、まいれ」

主膳は静かに立ちあがった。

「お供しましょう。こうなればどろ試合ですな」

半九郎は若殿の顔へ、ニヤリと嘲笑《ちようしよう》を投げて主膳のあとを追う。

「若、なんとなされます！」

外記がハッとして、若殿の前へたちふさがった。

「どけ、じい――許さぬ！」

まっさおになって、若殿が目をつり上げているのだ。——若殿として、人からこんな侮辱を受けたのは、はじめてだろう。激怒されるのは無理もない。

が、相手は、わざとおこらせようとしているのだ。けんかになれば、余儀なく主膳も立たざるをえない。その主膳を擁して、玄関から表門のあたりに待機させておいた素浪人どもにあばれさせる。うまくいけば形勢を逆転させられるかもしれないと、ねらっているのだ。

「ご無用になさりませ。お手をくださずとも、かれらの自滅は目前に見えております」

外記は必死に制止した。

「放せ、憎いやつ！　手討ちにしてくれる！」

「なりませぬ。さようなお軽々しいことはなりませぬ」

近習たちの顔にも当惑の色が浮かんだ。ここは大きく大局を見て事を処するの時、すでに総登城という大しばいが打ってあるのだ。城中には敵も味方もいっしょに並んで、事件の落着を待っている。一刻も早く登城して、一挙に事を決してしまわねば大混乱を来たすおそれがある。

「若殿、なにとぞご配慮のほどを——！」

一同思わず総立ちになろうとした。

ダーン！

突然玄関のほうから一発の銃声と同時に、ワーッというただならぬ絶叫が起こった。

「なにごと――！」

さすがに若殿が耳を澄ます。

「半九郎めの謀叛《むほん》にございましょう」

外記はホッとため息を吐いた。

「何ッ、謀叛？――あくまで憎いやつ、行け！　斬って捨てい！」

「ハッ！」

度を失っているから、居合わせた近習が顔色を変えて一度にバタバタッと、玄関のほうへ走りだす。

ワーッ！　ワーッ！　という喚声が、刃の触れ合う鋭いひびきが、戸障子の裂ける音が、たちまち騒然と耳朶《じだ》をうってくる。

（容易ならんことになった）

広い書院は若殿とただふたり、外記はちょっと途方にくれた形だ。何より気にかかるのは、不意をうたれた味方の士気である。だれがその味方を統率する——思案にあまったところへ、

「兄上——！」

ふと、ふすまの影から走り出た人影、意外にも桃太郎侍であった。

「兄上、てまえにもう一度お身代わりをさせてください！」

桃太郎侍はこんな場合にも、おだやかに笑っている。

「アッ、新二、どうしてここへ！」

「形勢不穏と聞いて、実は先ほどからそっと百合のへやに忍んでいました——じい、兄上を早く」

「ならんぞ、新二、そちはケガをしているではないか」

「なんの、これしき。それより、兄上はお家にとって替えがたいおからだです。素浪人どもの相手は、てまえでたくさんです。扱いなれていますからね。——アッ、だれか来る！　兄上、そのびょうぶの陰へ——」

有無をいわせず、うしろの金びょうぶの陰へ押しやって、桃太郎侍はその前に設けたしとねへ、ゆうゆうとすわり込んだ。

「――?」

大胆といおうか、不敵といおうか、外記が口を出すすきさえない一瞬の早替わりである。

が、この人ならと外記はホッとした。同じ顔同じ姿でありながら、どこかどっしりと落ち着いて、急にたのもしく見えるから不思議だ。

「一大事でござります!」

廊下を走って来た上島新兵衛が、あわただしくそこへ平伏した。たすき、はちまきものものしく、呼吸をはずませている。

「新兵衛、あわてるにはおよばぬぞ、水でもつかわそうか」

「ハ、ハッ」

思わず顔を見あげて、そこにゆったりわらっている若殿を見ると、新兵衛は急に気がついて、はちまきを取った。それだけ落ち着きが出たのである。

「ただいま、鷲塚主膳が立ち去るのを待って、半九郎が突然短筒を発砲いたしました。それが合図とみえ、浪人体の者二十人あまりご門内へ乱入、うしろの門をしめて、いっせいに玄関へ斬り込みましてございます」

「食い詰め浪人があばれだしたと申すのだな」

「はい、即座に味方十人ばかり玄関を固め、必死に防ぎ戦っておりますが、なにぶん苦戦に見うけます。若殿にはなにとぞ、一応お立ちのきのほどを」

「いくじのないことを申すな。たかが素浪人の寄り集まり、なにほどのことがある。新兵衛、そちはあと詰めの者にゆるりと身じたくさせて、あとからつづけ」

桃太郎侍は羽織りを脱いですっくと立った。下はたすきがけである。

「外記、そちはただちに登城して、大手門をしめよ。お顔をつつんで微行、忘れるな！」

かまわず若殿を城へ入れて、藩士一同を押えよというなぞである。

「ハ、ハッ」

時にとって当を得たさしず、外記は思わず頭が下がった。

「敵味方の区別はするな。同じ家来どもである。頼みおくぞ」

いい捨てて足早に玄関へ向かう桃太郎侍。

（何から何まで――）

ふっと老いの目に涙があふれそうになった。

玄関前の庭は、時ならぬ殺陣に血風うずを巻くといった悽惨《せいさん》さだ。味方は死闘しながら、なにぶん不意に出られてあわてぎみである。戦う者だけが戦って、あとの者はうろうろしているという始末だ。つまり、人の和ができていないのである。

それにひきかえて、敵は、半九郎があと詰めの十人ばかりを擁し、ゆうゆうと先陣の奮闘を見守っている。玄関口が破れたら、一気にあら手を屋内へ殺到させるつもりだろう。

「小ダルマ、みごとであるぞ！　負けるな！」

玄関につっ立った桃太郎侍は、すぐ目の前でふたりを相手に奮闘している小ダルマの杉田助之進に、いきなり力強い声援をおくった。

右手を見ると、のっぽの大西虎之助がこれもふたりの浪人を相手に対峙《たいじ》している。橋本五郎太が植え込みを背に追いつめられている。味方はすでに少しずつ手傷を負わされているのだ。

「五郎太！　虎之助！　落ち着いてゆけ」

若殿としての声援が、はたして死にもの狂いになっている味方の耳にはいったかどうかはわからぬが——知略その手腕、じゅうぶんに信頼している若殿が陣頭に立っての激励である。多少気おくれがして、ぼうぜんと玄関に立ちすくんだ形の味方の士気が、急に引き立ってきた。

「ご加勢——」
二、三人がバラバラッと、庭先へ飛びおりて行く。
「おお、勇ましいぞ」

「ご加勢——！」

つづいて四人、五人、——いわば馬前の戦闘だ、身命を賭《と》して働ける。その意気が、まさに踏み破られるかに見えた玄関の危機を危うくささえて、猛烈な乱刃となったところへ、

「若殿、あと詰めの用意ができましてございます」

上島新兵衛が駆けつけてきた。つづく十数人の諸士、これは身じたくかいがいしく、

意気けんこうたるものがある。

門を閉ざして、伊賀半九郎を大将に待機している人数も十人足らずだ。人数において、まさるとも劣りはない。

「ときをあげよ」

「ワーッ」

力強い絶叫が、いやが上にも味方の闘志をあおりたてて、——今が潮時と見たから、

「われにつづけ!」

桃太郎侍は凛然《りんぜん》叱呼《しっこ》して、さっそうと抜き身をかざしながら、血風の中へ斬りこんだ。

戦いは意気である。なにものも恐れぬ若殿のみずぎわだった勇姿に、

「それ、おくれるな!」

ワーッ! とあら手が興奮して、われ先にと押し出した。すでに敵をのんでいる。生死を忘れている。

ひとりとひとりにすれば、各自それだけの腕を買われて来ている浪人軍だが、悲いかな、おのれ一個の利欲のために集まっている烏合《うごう》の衆、——勝敗の数はこの一瞬に、お

のずと決定していたのだ。

桃太郎侍のめざすのは、むろん半九郎である。

（きょうこそ、――小鈴のかたき――！）

まっしぐらに走りながら、横合いから斬りかかるふたり、三人を、たちまち烈刀にはね飛ばして、見向きもしなかった。

「――！」

と、見る、半九郎が人を小バカにしたようにニタリと笑って不意に逃げだしたのである。

「逃げるか、半九郎！」

「――」

が、半九郎はふり向きもしない。家の横手を回って、ドンドン裏庭へ走る。

（くそ！――）

桃太郎侍は必死に迫った。思ったより足の早い半九郎である。十間あまりの距離を、どうしても縮めることができない。ともすれば引き離されがちに、裏山の林へ逃げ込んで行く。

「ひきょうだぞ、半九郎！」

体力において、決して劣るとは思わない。が、桃太郎侍はしだいに呼吸が乱れて来た。昨夜の疲労が、じゅうぶん回復していないのだ。それがすぐ肉体にこたえて来る。

（いかん、これが半九郎の手かもしれぬ）

さんざん疲れさせておいて、急に逆襲に出る。

それだと気がついたが、すでにおそかった。

林を登りきったところに、ちょっとした草原がある。裏門に近く、右手へ切れて林の中に、例の稲荷堂《いなりどう》のあるところだ。

そこまで来て半九郎が、ひょいと立ち止まったのである。

「人まぜをせぬ一騎討ち、この辺ではどうです」

不敵なやつである、ゆうゆうと抜刀した。

「望むところだ、来い」

「おう」

サッと白刃が相対して、剣先の間合い六尺、森閑たる丘の日ざしに、ムラムラッと殺気が低迷する。

半九郎にとっても、相手は再三再四せっかくの網を脱出して、ついに九仭《きゅうじん》の功を一簣《き》にかかしめた憎むべき仇敵《きゅうてき》、たとえ今、事破れてこの地を去るにしても、生かしては行きがたき恨みに燃えているのであろう、悪鬼のごとき形相に変わっていた。しかも、剣客者としても、思ったよりはるかに恐るべき敵。

（油断はできぬ）

桃太郎侍はじっと心気を沈めた。闘志において、ごうもひけはとらぬが、長追いをかけて呼吸がまだじゅうぶんに整っていない。ともすれば圧倒されそうだ。

「オウ！」

早くも見てとったらしい半九郎は、一挙に勝敗を決すべく、青眼の太刀を大上段に振りかぶりながら、ツツッと間合いを詰めて来た。

（うぬ――！）

われにもなく一足さがったところへ、

「エイ」

烈刀が白虹《はくこう》を描いて頭上に落ちて来る。その激しさ。正確さ。ヒラリと一度はかわしたが反発するすきさえ与えず虚へ虚へと踏み込んで、

「エイ！——オウ！」

猛然と乱車刀に攻めたててきた。

（うぬッ、——うぬッ）

桃太郎侍は歯がみをしながら、一度受け身にまわった体勢は、立ち直るべくもなく、しだいに追い詰められて、

（くそ、半九郎ごときに——）

あせればあせるほど、その虚を、虚をとつかれる。危うく呼吸が乱れてきた。

（いかん、——死ね）

ふっと気がついたのだ。盛り返そうとあせるから、受け太刀を意識する。意識するから、一方に虚を生じる。

（死なば死ね）

いきなり、おのれを投げだしてしまった。ただ来る太刀を受ける、それでいいのだ。

その虚心の気構えに、スーッと凝っていた胸が解け、いつか、受ける太刀が柔らかく

なっている。

逆に、のしかかり、食いさがり、勝ち誇って仮借なく攻めたてていた半九郎のほうに、おのずとあせりが出てきた。

「トーッ！」

この一刀こそと、深く踏み込んで振りおろした気合いいっぱい必殺の剣、——桃太郎侍は薄紙一枚に右へかわして、危うくタッと前へ飛び抜けた。飛びながら、無意識に横へ一文字に払った太刀《たち》、ちょうど空を斬って飛び違えた半九郎が、

「ワアッ」

背後で思わぬ絶叫をあげた。

ふり返ってみると、——かわされたと見た敵が、とっさに身をひるがえして、追い撃ちに一刀を振りかぶる、その虚へ夢想剣がきまったらしい。半九郎は大きく刀を振りかぶりながら、右胴をしたたか斬られてのけぞっているのだ。

「——！」

桃太郎侍はぼうぜんと立って、——ドッと枯れ草の上へくずれ落ちて行く半九郎の最期を見守っていた。

ベットリと全身にあぶら汗を感じながら、あらしのように息がはずんでいる。苦戦苦闘、こんなに窮地へ追いこまれたことは、いまだかつてない。ユラユラとまだ大地が揺れている気持ちだ。

（小鈴のかたき——！）

ついに今、討ちえた。憎むべき悪党、そして哀れなお俊のかたき！

が、桃太郎侍の胸は重い。ふっと、お俊によく似た仙吉のおもかげが思い出されたのだ。それは、かたきを討ちえた喜びにもまして、いいがたい寂しさを感じさせる。

「だんな！」

裏門口のほうから伊之助が、風のように飛んで帰ってきた。秘策を授けて、若殿と外記が微行する前に、城の様子を見せにやっておいたのである。

「アッ、とうとうやっつけましたね」

今は一塊《いっかい》の土にひとしく、森閑たる白日にさらされている半九郎の死骸《しがい》を見つけて、伊之助は大きな目をみはった。たちまち、その顔に憎悪《ぞうお》の色がうかぶ。

「こんちくしょうめ。ひでえまねをしやがって、これであねご師匠もいくらかうかばれるんだ」

「伊之助、城の様子を聞こう」

むろん、それも気になる。——が、それより今は小鈴のことをいいだしてもらいたくない多感な桃太郎侍であった。

「そのこと、そのこと！　だんな、うまくいきましたぜ。あっしはほうぼう駆けまわって、登城する侍をつかまえちゃ——鷲塚主膳様が切腹したってほんとうでござんすかって、聞いて歩きました。人間なんてものは、おもしろいもんですね。バカ、なにをいうって、おこるやつがあるかと思うと、それはほんとうか？　きさまはだれに聞いたなんて、まに受ける者もある。そのうちに、うわさはうわさを生んで、とうとう主膳のやつ、ほんとうに陰謀がばれて切腹したことになっちまいました」

「主膳の屋敷へ駆けつける者はなかったか」

「さあ。あっしの見ているところじゃ、ないようでしたぜ。現金なもんですね。もっとも、だれだって、悪いやつとわかってしまやあ味方だとはいいにくいでしょうよ。——そこへご城代様の姿が見えたもんだから、これはほんとうにご家督のことを心配してお味方らしいのが三人、五人と集まってくる。その人たちに、ご城代様が何か耳打ちすると、もうお顔を包んでいるのが若殿だとみんなに知れちまったんですね、ご門をはいるころには二、三十人の人数になって、堂々とお通りになりました」

「そうか、ご苦労だった」

たぶん成功するだろうとは思ったが、それでは今ごろすでに、兄上は病床の父上と無事に対面しているのではあるまいか。

「伊之助、ご苦労ついでにもう一つ働いてくれ」

「なんです、だんな！」

「たぶん勝負はついていると思うが、新兵衛たちがわしを捜しているといかん。――若殿は一足先に城へはいったから、ケガのない者はすぐ登城せよ、ケガ人はそれぞれ手当てをするようにと、おもやのほうへ伝えてくれ」

「承知しました――。で、だんなは？」

「稲荷堂で待っている。かえりに、そっと旅のしたくをしてきてくれ。どんな着替えでもよい」

「すぐにですか、だんな」

伊之助がちょっとポカンとする。

「すぐにだ。もうここには用はない。わしはお化け長屋の子どもたちが恋しくなった」

「偉い！　そうこなくっちゃ、だんなじゃない。——けれど、なんですね、黙って行っちまっちゃ、お兄上様があとで、さぞがっかりするだろうな」

「それをいうな」

桃太郎侍は刀をぬぐって納めて、さっさと歩きだしたが、

「伊之助、百合には内密だぞ」

置いてゆくつもりなのである。たとえ百合の心はよく承知していても、親にひと言の断わりもなく人の娘をつれて長い道中の泊まりは重ねられぬ。まして素浪人で一生を終わる覚悟の自分に百合はとうてい無理だ。恋は生活ではない。

「だんな——！」

何かいいたそうに伊之助が呼んだが、桃太郎侍は二度とはふり向こうとはしなかった。——理性で捨てなければならぬ恋、それは桃太郎侍にも、やはりつらいのだ。

（やっと、なすべきことを果たした）

なぜかホッとため息が出る。

なにげなく稲荷堂のキツネ格子に手をかけた桃太郎侍は、思わず中を凝視した。

「アッ――!」

「お百合さんではないか、どうしたのだ」

その百合がちゃんと旅姿でそこへ両手をつかえているのだ。前に深編笠《ふかあみがさ》まで添えて用意した包みは自分のための旅じたくではあるまいか。

「若様、江戸へお供させていただきます」

「江戸へ――?」

「百合は一生若様のお身のまわりの世話をさせていただけと、堅く父から申しつけられました」

意外にも必死の顔色である。

「ほう、伊織は江戸へたったのではないのか」

「いいえ、おじさまのお居間に忍んで、なりゆきを待っていたのだそうでございます。先ほど百合のへやへまいりまして、――若様はあまりにご聰明《そうめい》すぎると泣いておりまし

た。いたわしいが、お兄君のため、一藩のため、曲げてすぐ江戸へお供を願うようにと

「——」

「——？」

公然と名のりをあげさせて、万一家来たちが兄より自分のほうへ心を動かしては困る。それを一藩の老職として心痛するらしい。おそらく、外記とも相談のうえではあるまいか。

「あの、お許しくださいますでしょうか？」

「許さぬといったら、お百合さん、自害せよといいつけられて来たな」

桃太郎侍にはすぐ読めた。

「申しわけございませぬ」

百合が急に泣きだした。——むろん、娘を殺して伊織が生きているはずはなく、まして外記はだれよりもいちばん腹を切りたがっているのではあるまいか。武家の義理は重くきびしく、つらいものだ。

「いや、心配しなくてもいい。わしは黙って逃げだすつもりでいたのだ。——ただし、

お百合さんは置いて行くことにしていた」

素浪人の身は軽く、桃太郎侍は明るく笑った。

「まあ！」

どうしてというように、百合が端麗な顔を上げる。置いて行かれるなどとは夢にも思っていない顔だ。

「わしはお化け長屋へかえるのだ。お百合さんには長屋のおかみさんは向かぬ」

「そんなことはございません。百合は質屋もお米屋もよく存じていますわ」

「伊之助に聞いたのだろう？――が、そうではない。わしといっしょに行く以上、もう一生父に会わぬ覚悟がいる。わかるか、お百合さん？」

「若様でさえ、ご親子対面のならぬお身のうえ、おまえもきょうかぎり親子の縁を切ると――」

「そうか。よし、連れて行こう」

親子がそこまでの覚悟なら、もうなにもいうべきことはない。桃太郎侍は手早く旅じたくにかかった。

「若様――」

両刀をそでにうけて、いそいそと胸に抱いていた百合がそっと呼ぶ。

「いや、もう若様ではないぞ」

「では、あの、あの――何と申し上げれば」

「伊之助におそわるのだ」

すましてわらじのひもを結んでいると、突然キツネ格子の外から、

「長屋じゃ、おまえさん。あんた。かかあ天下は、こんちくしょうときまさあ」

伊之助である。アッと顔を見合わせるのへ、

「フフフ、それじゃおかみさん、あっしは一走り先へ行って、めおと船を頼んでおきますぜ」

「ハハハ、こんちくしょうでもいいそうだ、お百合さん」

「わたくし、もうお百合さんではございません」

「なるほど――」

深編笠をかぶってキツネ格子を出た桃太郎侍、先へぬれ縁を飛びおりて、

「さあ、――では、おかみさん」

つと百合のほうへ手を差し出す。深沈と愛情をたたえて、からかっている目だ。

「まあ!」

恥じらいながらそっとその手につかまって、身も心も投げかけるようにヒラリと大地へ、そのままチョウのもつれんばかり、林の小道へかかる幸福そうなうしろ姿を、老いの目に涙をたたえた伊織が、堂の陰へピタリと両手を突いて、いつまでも見送っていた。

本作品中に差別的ともとられかねない表現が見られますが、著者がすでに故人であることと作品の文学性・芸術性に鑑み、原文のままとしました。

（春陽堂書店編集部）

『桃太郎侍』覚え書き

初　出　「合同新聞」昭和14年11月2日〜15年6月30日　※現在の「山陽新聞」

初刊本　合同新聞社〈合同年鑑別冊〝時代小説　桃太郎侍〟〉昭和15年9月

再刊本　春陽堂書店　昭和16年9月
矢貴書店　昭和23年12月
大日本雄弁会講談社〈長篇小説名作全集19〉昭和25年11月　※『夢介千両みやげ』を併録
春陽堂書店〈春陽文庫〉昭和26年5月　※前・後、後に合本化
文芸図書出版社　昭和27年3月
文芸図書出版社　昭和28年8月
大日本雄弁会講談社〈ロマン・ブックス〉昭和30年11月　※上・下
春陽堂書店〈春陽文庫〉昭和31年1月　※前・後
講談社〈山手樹一郎全集1〉昭和35年9月　※『いろは剣法』を併録
桃源社〈山手樹一郎長篇選集4〉昭和37年2月
講談社〈山手樹一郎全集1〉昭和37年4月　※『いろは剣法』を併録

新潮社〈新潮文庫〉 昭和37年5月
講談社 昭和42年10月
河出書房〈カラー版国民の文学16〉 昭和42年12月 ※『崋山と長英』を併録
桃源社〈ポピュラー・ブックス／山手樹一郎長編小説選集〉 昭和46年1月
弘済出版社〈こだまブック〉 昭和48年2月
講談社〈大衆文学大系27 角田喜久雄・山手樹一郎・村雨退二郎集〉 昭和48年7月
※角田喜久雄『妖棋伝』『風雲将棋谷』、村雨退二郎『富士の歌』『黒潮物語』との合本
筑摩書房〈増補新版 昭和国民文学全集15 山手樹一郎集〉 昭和53年3月
※『鬼姫しぐれ』を併録
春陽堂書店〈春陽文庫／山手樹一郎長編時代小説全集1〉 昭和53年3月
富士見書房〈時代小説文庫〉 平成元年11月 ※上・下
嶋中書店〈嶋中文庫〉 平成17年9月 ※1・2
新潮社 平成28年12月 ※オンデマンドブック

（編集協力・日下三蔵）

春陽文庫

桃太郎侍《ももたろうざむらい》　下巻《げかん》

2024年1月25日　新版改訂版第1刷　発行

著者　山手樹一郎

発行者　伊藤良則

発行所　株式会社　春陽堂書店
〒一〇四―〇〇六一
東京都中央区銀座三―一〇―九
KEC銀座ビル
電話〇三（六二六四）〇八五五（代）

印刷・製本　ラン印刷社

本書のご感想は、contact@shunyodo.co.jp に
お願いいたします。

定価はカバーに明記してあります。

ISBN978-4-394-90471-7　C0193